FONDUE
AU NOIR

Hors-série

ISBN : 978-2-74-853006-3

Loi n° 49-956 du 16 juillet 1949
sur les publications destinées à la jeunesse,
modifiée par la loi n° 2011-525 du 17 mai 2011.

Mise en pages : DV Arts Graphiques à La Rochelle
Dépôt légal : juin 2021

HERVÉ JUBERT

FONDUE AU NOIR

SYROS

FAITES CHAUFFER CINQ CUILLERÉES À SOUPE D'HUILE DANS UNE SAUTEUSE

Nous avons tous vécu cette expérience étrange appelée confinement puis couvre-feu, puis reconfinement, puis « Qui vivra verra ». Nous avons compté les morts. Nous nous sommes demandé : « Tout cela est-il vraiment nécessaire ? Est-ce qu'ils ne sont pas en train de nous mener en bateau ? » Nous avons brandi nos attestations avant que les gendarmes ne les réclament. Nous en sommes arrivés à la conclusion que l'humanité récoltait ce qu'elle avait semé.

Dans ce « nous », il y avait Lola Mons, en troisième dans une petite ville du sud-ouest de la France. Ses parents : Marc et Nathalie, géniteurs dont l'amour était solide. Deux petits frères : Tic, sept ans ; Tac, six ans. Lola les avait baptisés ainsi.

Lola aimait : être seule, lire des mangas, regarder des séries, être perchée sur sa 125 avec laquelle elle fonçait sur des pistes à peine tracées par les animaux sauvages dans les forêts de la région.

Lola n'aimait pas : les intrusions (dans sa chambre, particulièrement), le spoil, avoir quinze ans.

En résumé : elle aimait et elle n'aimait pas être une adolescente.

Les années collège s'étaient apparentées à un long tunnel dont elle voyait enfin le bout. Élève médiocre et solitaire. Lola avait pourtant des capacités, tant pour les études que pour l'amitié. Un cerveau qui fonctionnait impec et un cœur gros comme ça.

Les choses auraient sans doute été différentes si, à l'âge de dix ans…

Ne divulgâchons pas. Lola n'aime pas cela. Je l'ai déjà dit. Revenons au premier confinement.

Les Mons, comme des centaines de millions d'autres bipèdes, durent s'adapter. Nathalie, prof-doc en alternance entre deux lycées, se retrouva à la maison. Marc télétravaillait. L'enseignement à distance se mit en place. Lola réinvestit sa chambre-grotte avec une certaine satisfaction. Même si le CDI de son collège, où elle aimait se réfugier pendant les temps de pause, lui manquait. Et les virées en bécane. Il fallait voir le bon côté des choses, elle aurait moins de chances de se tuer.

Les jours se levaient, les nuits tombaient. Contre toute attente, cette réclusion forcée avait même apaisé les excités de service. Les nains s'étaient mis aux puzzles. « Pince-moi, je rêve ! » s'était exclamé Marc la fois où il les avait vus concentrés sur une tour Eiffel de mille pièces qu'ils essayaient de reconstituer et non de détruire. Les Mons se retrouvaient pour les trois repas à heures fixes. « On n'est pas en vacances, avait rappelé Nathalie. On respecte le rythme ! » Bref, tout allait pour le mieux dans le meilleur des mondes (ou : la situation était désespérée, mais pas grave), quand ce jour-là Nathalie frappa à la porte de Lola.

– Tu viens ? On descend à la rivière.

Lola leva le nez de son écran d'ordinateur. Elle mit l'épisode 7 de la troisième saison de Ce-que-vous-voudrez sur pause. Derrière Nathalie, on entendait des cris. 500 mégahertz fois deux et bien au-dessus de la limite légale question décibels. Tic et Tac avaient décrété la fin de la trêve et le retour de l'ébullition. Tour Eiffel : 0. Monstres : 1. Il faut bien que les volcans explosent.

– Viens prendre l'air avec nous ! On remontera vite de toute façon !

Lola soupira, se leva, ouvrit la porte recouverte de messages promettant le pire à celui qui oserait la franchir sans son accord. Elle portait sa liquette à oreilles de lapin en pilou-pilou et sa mine exprimait parfaitement ce qu'elle pensait des joyeusetés à venir. Sortir ? À quoi bon ? En plus, l'Organisation mondiale de la santé est contre !

Tic et Tac surgirent de leur chambre, au risque de se briser le cou, l'un poursuivant l'autre avec une épée de théâtre molle trouvée sur un vide-greniers. Nathalie songea qu'une épée en acier trempé aurait été plus adéquate, avant de chasser cette pensée indigne d'une mère aimante et forcément patiente.

– S'il te plaît. On en a tous besoin. Il fait beau.

Lola écarquilla les yeux. Il faisait beau ? Ce mois de mars était pourri !

Nathalie traversa la chambre en évitant vêtements et objets tel un soldat expérimenté traversant un champ de mines. Elle ouvrit les volets, laissa entrer soleil et air frais. Du rez-de-chaussée leur parvinrent la voix de Marc, tonitruante, et des jurons que ne devraient pas entendre des enfants, au risque d'être traumatisés à jamais.

Nathalie serra les poings. Elle avait deux tornades à mater et un homme à rappeler à l'ordre.

– Habille-toi, lança-t-elle à sa fille. On décolle dans cinq minutes.

La rivière scintillait. Le soleil brillait. Les oiseaux chantaient. Ils étaient seuls.

Les parents – baskets, marcels et bermudas – enchaînaient des figures fantasques, mélange de yoga et de krav-maga inventé par leurs soins, pour faire croire qu'ils pratiquaient une activité sportive en cas de contrôle. Mais de contrôle, il n'y en eut point.

Tic et Tac lançaient des morceaux de bois flotté dans l'eau. La dernière crue avait déposé une véritable barricade sur la berge. Avec un peu de chance, le petit ou le grand tomberait dans la rivière, serait emporté par le courant, se noierait. Voire les deux, espéra Lola tout en chantonnant mentalement « Tic et Tac sont dans un bateau ». Mais son père ou... et sa mère plongeraient pour les sauver et ils se noieraient aussi.

Pas cool. On oublie.

Nathalie acheva un geste aérien qui faillit lui déplacer trois vertèbres et lança après avoir repris son souffle :

– Marre des pâtes et du riz. De retour à la maison, cuisine !

Marc s'arrêta en pleine torsion du bassin, façon hip-hop, et réagit par un « Hein ? » admirable. On ne mettait jamais la main à la pâte pour se nourrir dans la famille Surgèles, Micro-ondes et Compagnie.

– Tu veux cuisiner quoi ?

« Aïe », songea Lola en décryptant l'expression de sa mère.

– Pas « tu ». On.

Soupir du mâle dont l'autorité se voyait rabotée jour après jour par cette nouveauté : l'égalité homme-femme. Nat n'était ni activiste ni extrémiste. Mais elle savait donner des coups de griffe quand il fallait où il fallait.

– On ne sait pas cuire un œuf au plat, argumenta-t-il.

Marc avait bien appuyé sur le sujet. On. Pas tu.

– Nous apprendrons.

Marc se tourna vers Tic et Tac qui déplaçaient un tronc plus lourd qu'eux deux réunis pour le balancer à la flotte. Si les Hercules en culottes courtes tombaient vraiment dans la rivière, ils pourraient toujours s'y agripper jusqu'à la prochaine digue.

– Avec ces deux-là dans les parages ? rappela-t-il, grimace à la clé.

Qui disait cuisine disait feux, couteaux, batteurs et autres instruments électriques qu'ils possédaient et n'utilisaient jamais. Totalement incompatibles avec des frangins trop rapprochés se tapant la bourre question quatre cents coups.

Marc avait marqué un point. Nathalie pesa le pour et le contre, prit une décision radicale.

– Ils auront droit à la console. Exceptionnellement.

Le paterfamilias afficha une expression stupéfaite. Si l'anti-jeux vidéo était prête à les laisser se bastonner par écrans interposés en dehors de la sacro-sainte heure de fin d'après-midi, histoire qu'ils évacuent leurs pulsions animales... Ainsi soit-il.

– Et à quel plat on s'attaque pour aborder ce nouveau volet de notre merveilleuse histoire d'amour, ma chérie ?

– Une flammekueche.

– T'es sérieuse ?

– Je te rappelle que j'ai des origines alsaciennes.

– Je sais, merci ! Mais, une flammekueche... Mmmhhh... Complexe.

Marc était ingénieur dans le câblage aéronautique chez Airbus, un boulot autrement plus compliqué que de parsemer oignons et lardons sur une pâte toute prête... Il eut une idée brillante.

– Je m'occupe des courses !

Il sortit son téléphone, ouvrit le bloc-notes, se mit à épeler :

– Pâte...

Il arrêta l'application.

– Brisée ou feuilletée ?

Il afficha un air triomphant. Brisée. Feuilletée. Il s'y connaissait en cuisine, le mec ! Nathalie avait déjà lancé son propre téléphone sur la piste de la meilleure recette.

– Pâte à pizza, décréta-t-elle. Et on la fera nous-mêmes.

Elle se pencha sur le téléphone de Marc pour dicter :

– Farine. Levure boulangère.

– Oignons, ajouta-t-il. Lardons fumés.

– Sans couenne.

– Crème fraîche.

– On en a.

– Effacer crème. C'est tout ?

– Ouais.

– Sûre ?

– Sûre.

Marc et Nathalie, se sentant observés, cessèrent leur numéro. Leurs enfants les fixaient avec un mélange de compassion et d'incrédulité.

– Vous voulez vraiment faire la cuisine ? s'inquiéta Tac.

Tic lui donna une tape sur l'arrière du crâne, histoire de lui remettre les idées en place.

– Tais-toi, idiot !

Le ton montait toujours vite entre les deux, façon préliminaires entre The Undertaker et El Rey Mysterio. Lola s'apprêtait déjà à les séparer lorsque les téléphones de

Marc et Nathalie produisirent une charmante sonnerie, en symbiose. C'était l'heure de rentrer.

La flammekueche se transforma en catastrophueche. Tic et Tac, enthousiasmés par ce nouvel atelier familial, en oublièrent l'option jeux vidéo et voulurent s'y coller. Et pour le coup, ils en collèrent partout. Jusque sur le chat qui, s'il avait existé un numéro d'urgence SOS Matous Battus, l'aurait composé illico, miaulé ses revendications, et choisi une maison moins humiliante que celle-ci.

La pâte fut tout de même étalée sur du papier sulfurisé. Les oignons firent pleurer Nat et Lola qui s'y était mise, elle aussi, sans qu'on le lui demande. Tout le monde soupira quand le chef-d'œuvre fut enfin mis au four.

Le temps passa. Le ventilateur du four ronronnait. Les Mons avaient cuisiné, en famille. Ils survivraient à la pandémie. Les parents s'offrirent un moment de repos, l'une lisant, l'autre somnolant. Les enfants étaient remontés dans leurs chambres. Un calme irréel régnait dans la maison.

– La crème fraîche ! se rappela Nat en se frappant le front.

Le pot, intact, son opercule en aluminium scellé, les narguait sur le plan de travail.

– On a oublié le fond de crème fraîche, comprit Marc. Et alors ? C'est grave ?

C'était surtout trop tard. Le chef-d'œuvre avait été lancé vers son destin terrible, tel le *Titanic* filant ses vingt nœuds droit sur un glaçon facétieux. Le four fut arrêté et la flammekueche sortie dans un nuage de fumée qui déclencha les alarmes du rez-de-chaussée, du premier et du second, dans cet ordre. Marc courut avec l'escabeau d'étage en étage, se battit contre les capteurs en équilibre instable.

Lola redescendit, contempla le massacre sur le plan de travail, attrapa un livre de recettes qui n'avait jamais été ouvert, le feuilleta.

Alors qu'au premier étage Nat hurlait pour se faire entendre de Marc malgré l'alarme – « Fais attention ! Te pète pas la gueule ! C'est pas le bon moment pour t'emmener aux urgences ! » –, Tic et Tac ajoutant une couche de stridences façon panna cotta dans ce tiramisu apocalyptique...

Lola contemplait les photographies qui accompagnaient les recettes. Elle découvrait un nouveau monde.

La galette carbonisée qui ne rendait pas justice à la gastronomie alsacienne fut jetée à la poubelle et la tribu

Mons se vengea sur une quatre fromages crachée par une ligne de production industrielle quelque part dans un pays de l'Union européenne. Nathalie faisait sa tête des mauvais jours.

– Et si on regardait des tutos cuisine sur Internet ? proposa Marc, conciliant.

Elle pouvait faire du boudin longtemps, très longtemps. Au bout de vingt ans de vie commune, il avait au moins appris cela.

– Il y a plein de blogs aussi. Il suffit de s'y coller, d'apprendre... ?

– Arrête.

Marc se tut. Il avait pensé proposer d'autres recettes. Pourquoi pas un bon petit plat qui mijote, comme le pot-au-feu que sa mère à lui leur faisait systématiquement quand ils passaient la voir dans le Beaujolais ? Ou de la pâtisserie ? C'est chouette, la pâtisserie ! Et pas forcément compliqué. Les deux tornades s'en seraient donné à cœur joie !

La quatre fromages terminée, Lola était allée chercher un autre livre de recettes tout aussi inutilisé, offert par un membre de la famille qui croyait encore aux miracles. Elle le feuilletait en bout de table, concentrée. Elle s'arrêta sur une page, prit des notes sur un bout de papier.

Tic et Tac se levèrent et se postèrent des deux côtés de leur grande sœur.

– Tu fais quoi ? demanda l'un.

– C'est quoi ça ? demanda l'autre en appuyant un doigt graisseux sur l'image qui montrait...

Lola fit mine de lui donner une tape sur la main qu'il rangea vite fait derrière son dos. Marc et Nat tendirent le cou. À l'envers, ils reconnurent un plat à tajine. Dans le plat, un assortiment de viandes et de légumes qui mettait l'eau à la bouche.

Lola tendit sa liste. Nat s'en saisit et la lut à haute voix. Lola avait une belle écriture, toute en pleins et en déliés.

– Cuisses de poulet, courgettes, pommes de terre, carottes, tomates...

Elle bloqua sur tomates. Sa fille l'interrogea du regard. Nat lui rendit sa liste, alla chercher son ordinateur portable, poussa Tac qui venait de lui piquer sa chaise d'un bump de la fesse gauche, transforma la table en bureau, tapa dans la fenêtre de recherche : « légumes de saison ».

– Je suis peut-être nulle à la popote mais je sais que les tomates, on les récolte en été. Cuisine avec des produits frais, ma fille.

Lola acquiesça. Marc réagit enfin :

– Toi aussi tu veux t'y mettre ? C'est un virus ou quoi ? Vous avez chopé un variant du Covid ? La Kitchenid ?

Nat et Lola l'ignoraient avec superbe. En plus, sa blague était nulle. Elles sautaient de site en image, de recette en avis. Elles s'arrêtaient sur des mots exotiques : Kung Pao, Bulgogi, Shakshuka... Tic et Tac étaient prodigieusement intéressés. Après tout, ce qui se déciderait ici et maintenant finirait dans leur système digestif. Ils avaient un droit de veto comme tout membre permanent du conseil de sécurité familial ! Du coup, ils disaient non quasi systématiquement.

Lola arrêta son choix sur un curry de chou-fleur au lait de coco. Ses petits frères tirèrent la langue. Tant pis pour leur droit de veto. Ils mangeraient des pâtes.

Nathalie nota : chou-fleur, épinards frais, pois chiches, lait de coco, oignon rouge, curry, curcuma. Elle plia cette liste particulière dans une autre, plus basique, mêlant PQ, liquide vaisselle, etc., et la tendit à monsieur Mons avec un sourire radieux qui voulait dire : Change l'heure sur ton attestation, mets ton masque, retourne au supermarché et ramène tout ça, Rahan. Les femmes s'occuperont du reste.

PASSEZ LES POMMES DE TERRE AU PRESSE-PURÉE

Le lycée professionnel Suzanne Bonneval avait été construit au siècle dernier, au début des années 1970, à l'entrée d'un vallon du Périgord noir, forêts de part et d'autre. Dans cet environnement idyllique, les cubes en verre et en métal ressemblaient à un empilement de crottes de wombat. Lola venait de descendre de l'autocar. Elle fronça le nez en découvrant le désastre esthétique et remonta le trait de bitume menant à l'accueil, tirant sa valise à roulettes derrière elle.

Elle s'attendait à l'agitation habituelle propre à tout établissement scolaire en période de rentrée. La cage vitrée du concierge était vide. Personne à l'horizon. Lola rangea sa valise dans un coin et étudia les affichettes punaisées sur le tableau d'information. Casquette, tee-shirt à manches courtes et baffles tonitruants interdits. Port du masque obligatoire…

Elle se dépêcha de mettre le sien, un modèle en tissu quatre couches dont la première, avec le sourire de Naruto, était reconnaissable entre mille.

L'affichage continuait avec les consignes PPMS en cas d'attaque terroriste, celles concernant le Covid et une note de la CPE indiquant que les toilettes garçons ayant été le théâtre d'« incidents inacceptables », des horaires d'ouverture et de fermeture avaient été mis en place. Lola ne se risqua pas à imaginer de quels « incidents » il pouvait s'agir.

L'angoisse lui contracta les boyaux. Le collège n'était pas un environnement tendre. Elle avait pu s'en rendre compte. Mais avec ce lycée pro, elle avait l'impression de pénétrer dans une école de gladiateurs. L'idée de rentrer à la maison, de tout laisser tomber, ou de reprendre une scolarité normale, de passer un bac normal, en compagnie d'ados normaux, et de dormir chez ses parents normaux, le soir, l'effleura.

Les ados normaux n'existent pas, se rappela-t-elle. De plus, elle voulait vraiment être ici. Elle s'était battue pour être acceptée dans ce CAP. Il offrait six places au lieu de douze en temps normal. J'y suis, j'y reste.

Ses yeux tombèrent sur un tableau effaçable. Le dernier menu avant le confinement, en noir, n'avait pas été effacé.

Mise en bouche :

Cerise de foie gras, chutney d'oignons

Plat :

Gravlax de saumon, pickles

En rouge, les compétences évaluées : Réaliser un coulis, des pickles, un chutney ; Fumer un saumon ; Travailler un foie gras cuit...

– Lola Mons ?

L'interpellée se retourna d'un bloc. Une quinquagénaire replète – sans doute à cause du foie gras – lui adressait un sourire bienveillant. Du moins, comme elle était masquée, ses pattes-d'oie souriaient pour elle.

– Madame Guillemot. CPE de l'établissement.

La CPE ne tendit pas la main. Geste barrière ! Elle n'attendait pas de réponse, non plus. Elle savait que Lola ne parlait pas. Lola avait cessé de verbaliser – sujet, verbe, complément – du jour au lendemain, l'année de ses dix ans pendant les grandes vacances. Personne ne savait pourquoi, elle la première. Alors qu'avant, c'était une vraie pipelette.

– C'est plutôt calme, mais ça ne devrait pas durer. Le bus de Perpignan ne va pas tarder à arriver. Le gros des élèves. La meute. Dont votre brigade.

Lola apprécia le vouvoiement. Même si le tutoiement naturel pratiqué par les profs de son ancien collège ne la dérangeait pas non plus. Ce « vous » signifiait tout de même qu'elle venait de rentrer dans la cour des grands.

La CPE attrapa deux fascicules dans la loge du concierge et les lui confia.

– Règlements intérieur et de l'internat. À lire.

Elle consulta la montre à son poignet.

– J'ai juste le temps de vous emmener à votre chambre.

Elles sortirent et marchèrent jusqu'à un bloc de deux étages en bordure de la zone grillagée, plus petit que le bâtiment principal, mais tout aussi moche. La CPE monta au premier, ouvrit une porte. La chambre individuelle ne devait pas faire plus de neuf mètres carrés, mais elle était agréable et lumineuse. Lola posait sa valise sur son lit quand deux puissants coups de klaxon retentirent.

– Les voilà.

Madame Guillemot tendit un trousseau de clés à Lola.

– Rendez-vous dans le hall dans cinq minutes. Les cheveux.

Lola fronça les sourcils. Sa tignasse tombait en vagues sur ses épaules.

– Chignon, précisa la CPE en dessinant une spirale avec l'index. Hygiène.

Elle fit un clin d'œil à Lola pour contredire son parler militaire, et fila comme une flèche.

Lola s'assit sur le bord de son lit et testa le matelas. Acceptable. Elle feuilleta le règlement intérieur. Lever à 7 heures. Interdiction de sortir après 18 heures. 20 heures : étude obligatoire sous la surveillance de l'assistant d'éducation. Extinction des feux à 22 heures. Interdiction pour les garçons de pénétrer dans les locaux des filles et réciproquement. Interdiction d'introduire des substances illicites. Interdiction de s'enfermer à clé dans sa chambre...

Lola tiqua. Si sa chambre n'était pas fermée à clé, elle avait du mal à s'endormir.

À l'extérieur, on entendait un bataillon de valises roulant sur le bitume. Ses compagnons de brigade... Elle résista à la tentation de les espionner par la fenêtre. Elle saurait bientôt à quoi s'en tenir.

Elle jeta le règlement intérieur sur la table de nuit, attrapa un chouchou dans sa valise, noua ses cheveux en chignon, ferma sa chambre à double tour, et rejoignit les autres.

Qui étaient-ils ? D'où venaient-ils ? Pourquoi étaient-ils là ? Laissez-moi vous présenter les nouveaux venus.

Louna. Une battante avide de reconnaissance. Lola l'eut dans le nez dès leur première rencontre.

Mattéo. Craquant. Discret. Lola flasha dès leur première rencontre.

Louise, eurasienne. Sèche et efficace. Sympa mais sans plus.

Georges. Grand. Gros. Rassurant.

Medhi qui, à peine arrivé, parla des choufs – les guetteurs qui préviennent les dealers de l'arrivée de la police – comme s'il avait occupé cette fonction. En fait, fils de cadres sup et habitant les beaux quartiers. Donc, un pipoteur. Par contre, il montait une mayonnaise comme personne.

Ce Club des cinq plus Lola constituait donc la brigade 2ProC1 du lycée hôtelier Suzanne Bonneval, masques de rigueur. Trois filles et trois garçons qui ne se connaissaient pas la veille au soir et à qui on allait demander de travailler selon un timing précis dans un espace commun pour élaborer entrées, plats, desserts que leurs enseignants, invités, et vrais clients qui fréquenteraient le restaurant d'apprentissage dégusteraient et critiqueraient.

Donner son avis sur une dissertation, c'est une chose. Juger de la cuisson d'une pièce de viande, d'un filet de poisson, de la qualité d'une sauce, d'un mariage de saveurs, en est une autre. Leurs professeurs mastiqueraient, avaleraient, digéreraient leurs productions. Ces ados qui, quelques mois plus tôt, décrochaient le brevet, allaient passer à la vitesse supérieure. Dès le premier jour, on leur demanderait de la discipline, de la rigueur et, surtout, de l'envie, de l'audace, de l'in-ven-ti-vi-té !

Le proviseur du lycée pro, un Falstaff – pour info, Falstaff est le personnage principal au ventre proéminent d'une pièce de Shakespeare ; fermez la parenthèse – finissait sa carrière ici pour des raisons terre à terre : il aimait manger et bien manger. Donc, lorsque le proviseur acheva son discours de bienvenue dans la salle du restaurant d'application, il insista sur ce mot : in-ven-ti-vi-té. Il en ajouta un autre :

– Amour, lança-t-il aux secondes médusés. Travaillez avec amour. Et votre travail n'en sera que plus...

Il eut alors ce geste qui consiste à poser ses doigts sur ses lèvres – enfin, son masque... – et à les ouvrir tout en embrassant le vide, geste qui se traduit par : délicieux, précieux, hors norme.

Louna se retint de pouffer et chercha, autour d'elle, qui embarquer dans une conversation silencieuse dont elle serait l'instigatrice et le centre d'intérêt. Elle était cheffe étoilée dans cet exercice périlleux et pratiqué par les élèves du monde entier qui consiste à échanger à l'insu du prof, sans proférer un son, juste à l'aide de mimiques et d'articulations muettes. Lola avait toujours refusé de participer à ce qu'elle considérait comme une attitude irrespectueuse envers celui ou celle qui essaie de transmettre son savoir. Aussi ignora-t-elle la gigue faciale de Louna. Ajoutant sur sa fiche mentale la concernant : Méfiance.

Jugement qui se confirma après déjeuner, avant que la brigade n'entame le marathon du tronc commun : une heure de français, une heure de maths, une heure d'histoire-géo. Dans cet environnement aussi confiné que celui d'un sous-marin de poche, Lola savait qu'elle ne pourrait pas jouer la carte de l'invisibilité éternellement. Elle ne pourrait pas se réfugier au CDI pendant les temps de pause, ni tenir le mur, de préférence dans un coin. Elle appartenait à un groupe, désormais.

Cette question l'avait hantée, tout l'été, dès qu'elle avait trouvé sa voie. La cuisine était un travail d'équipe. Or, elle avait perdu le don de la parole. Comme ça. Sur un claquement de doigts. Il lui faudrait communiquer d'une manière ou d'une autre, se défendre, travailler avec les autres, surtout travailler avec passion, comme disait le proviseur. En un mot : Vivre. Et cela lui fichait une trouille bleue.

Sa mère lui avait soumis une idée, une astuce pour gérer le premier contact, essentiel. Le moment de mettre ce truc en pratique se présenta à la treizième heure de ce premier jour, alors que Lola sortait du self où elle avait mangé, seule. Les cinq autres parlaient à bâtons rompus, dehors. Sans masques. Louna la diva menait la discussion. Sujet central : Dans quel trou paumé on est tombés ?

– Eh ! Toi !

Louna écrasa sa cigarette sous son escarpin. Tous se tournèrent vers Lola, qui s'était figée.

– On ne mord pas, tu sais ?

Les autres attendaient de voir comment elle allait réagir. Cette fille silencieuse était à part, intéressante.

« Nous y voilà », songea Lola.

Elle sortit de sa poche cinq flyers qu'elle avait composés et imprimés avec sa mère et les distribua au groupe. Le texte orné d'émojis fantasques disait :

Salut à tous·tes. Je suis Lola.

Je suis ici parce que je veux apprendre à cuisiner. Logique, non ?

Par contre, et ne me demandez pas pourquoi :

Je ne parle pas.

– Tu ne parles pas ? réagit Louna en atteignant cette partie du flyer.

Georges, qui lisait plus vite qu'elle, éclaira sa lanterne.

– Lola est mutique.

– Mu-quoi ? hoqueta Louna qui ne connaissait pas le terme.

Medhi s'était déjà connecté à Internet avec son téléphone 5G à deux cent quarante-cinq euros offert par ses parents pour survivre en pleine campagne.

– Mutisme. Refus ou incapacité psychologique de parler.

– C'est quoi ce délire ?

Mais plus personne n'écoutait Louna. Lola et les autres étaient penchés sur leurs smartphones, ultra-concentrés. Ils pianotaient, souriaient, partageaient un truc. Sans elle.

– Vous faites quoi, là ? s'emporta-t-elle.

– Lis la fin du message de Lola, lui conseilla Georges de sa voix de basse, inébranlable.

Louna s'exécuta. Lola les invitait à rejoindre un groupe de conversation *via* lequel ils pourraient communiquer. Hors heures d'étude, bien sûr. Louna envoya immédiatement son numéro de portable à celui indiqué pour être acceptée. Lola prit son temps, concentrée sur l'échange en cours. Elle pouffa et sourit à Mattéo. Louna fulminait.

Il n'est pas bon de se faire des ennemis. On en paie toujours le prix, à un moment ou à un autre. Et Lola le paierait cher.

Cela avait assez duré. Lola accepta Louna dans le groupe et, suprême humiliation, rangea son portable dans la foulée. Puis elle reprit le chemin de sa chambre. Ils avaient une demi-heure devant eux et elle, une aventure de *Naruto* à finir.

Louna lut l'échange dont elle avait été exclue, assortiment de banalités adolescentes en langue SMS, plutôt joyeuses.

Lorsqu'elle eut fini, il ne restait que Mattéo à ses côtés. Il eut un haussement d'épaules.

– Bon... ben... à toute.

Mattéo se dirigea vers le foyer où un mini-tournoi de baby-foot l'attendait, laissant Louna à sa rancœur.

LAISSEZ REPOSER

– Trois magrets de canard, cinq cents grammes de rutabaga, de la sauce soja douce... Arrêtez de jouer avec ces masques !

Marc jonglait entre la liste de courses dressée par Lola et les deux monstres qui avaient trouvé un nouveau moyen de rendre leur père chèvre : ou comment transformer un masque FFP2 en fronde.

– Du rutabaga ? souligna-t-il, perplexe.

Lola avait découvert au lycée l'existence de ce légume-racine facile à cultiver, à conserver, à digérer. Son goût était plus piquant que celui du navet.

Marc continua à lire, concentré.

– Pioche... pelle... chaux vive... champagne ?

Tic et Tac étaient remontés dans les étages, sans doute en vue de préparer la contre-offensive.

– Pour creuser deux tombes et se débarrasser des corps puis fêter le retour au calme ? comprit-il.

Lola acquiesça, sourire aux lèvres. Il raya « pioche » et « pelle ». Il possédait déjà ces articles essentiels. Quant à la chaux vive...

– On ne peut pas les éliminer. Par contre, j'achèterai du champagne. Pour le moral. Et...

Il embrassa Lola sur le front.

– Pour ton anniversaire, ma fille.

Ses parents avaient insisté pour qu'elle mette littéralement les pieds sous la table. Ils achèteraient un plat cuisiné pour ce repas de fête. Les dernières semaines avaient été épuisantes pour Lola. Le rythme, au lycée pro, ne laissait guère le temps de souffler. Mais l'apprentie cuisinière voulait leur montrer de quoi elle était capable, désormais. D'où la liste de courses.

Elle prépara les magrets elle-même, quadrillant les chairs pour mieux les saisir, récupérant la graisse dans un récipient. Des frites maison accompagnèrent les rutabagas. Il en fallait pour tous les goûts. Marc et Nat la regardèrent faire, la larme à l'œil, éblouis. Quant à Tic et

Tac, ils sautaient sur les coussins du salon comme des grains de maïs dans une poêle antiadhésive géante.

Lola tapa sur le cul d'une casserole avec une cuiller en bois pour signifier que le moment de se mettre à table était venu. Elle servit. Les Mons mangèrent dans un silence religieux. Même Tic et Tac goûtèrent ET apprécièrent le rutabaga. Ils voulaient en manger tous les jours ! L'arrivée du gâteau d'anniversaire – seize ans... soupira Nathalie – chassa cette idée saugrenue de leur esprit. Lola éteignit d'un souffle les bougies plantées sur le saint-honoré acheté dans une pâtisserie. Applaudissements. Cadeaux. Embrassades.

Un machin bizarre et multicolore composé de pâte à modeler séchée et hérissé de bras et de jambes arrachés à des Playmobil innocents fut posé sur la table par les incontrôlables de service.

– Ton protecteur contre les forces du Mal, annoncèrent-ils à leur grande sœur.

Lola les embrassa. La créature trouverait place sur sa table de nuit au lycée hôtelier.

Marc alla chercher un parallélépipède qui aurait pu contenir un bazooka miniature. Il avait dû utiliser trois rouleaux de papier cadeau pour l'emballer. Il le posa sur la table, manquant sacrifier le dessert et les jolies assiettes peintes à la main par belle-maman. Lola arracha l'emballage. Sous le papier : un coffret. Représentés sur le coffret : un chapeau melon et un parapluie fermé.

– L'intégrale de *Chapeau melon et bottes de cuir*, révéla Marc. Tu sais que j'ai un faible pour les épisodes avec Diana Rigg. Mais les autres sont pas mal non plus.

Lola adressa un sourire contrit à son papa d'amour. Elle l'avait déjà entendu vanter cette série qui avait bercé son adolescence à lui et l'accompagnerait sûrement dans la tombe. C'était trop chou de lui offrir des centaines d'heures d'évasion gravées sur DVD. Mais elle aurait préféré quelque chose de plus rassurant. Et où trouverait-elle le temps ? Comme je le disais précédemment, ce lycée pro, c'était du costaud.

Côté enseignement général, les lycéens avaient travaillé sur l'expression, la citoyenneté, les probabilités, l'acoustique, sans oublier l'anglais dont Lola était dispensée à l'oral. Côté enseignement professionnel, on les avait fait plancher sur la nature et les propriétés des constituants alimentaires ainsi que leurs qualités nutritionnelles. Beaucoup de théorie, trop peu de pratique à son goût. En tout cas, des journées de dix heures qui laissaient les 2ProC1 sur les rotules.

C'était au tour de Nathalie, chaque parent aimant offrir son propre cadeau dans la famille. Elle poussa une petite boîte à bijoux vers Lola qui en sortit une pierre ovale, montée sur un pendentif en or pâle. La jeune fille, ravie, l'attacha autour de son cou tandis que sa mère expliquait :

– C'est une pierre de lune, la pierre des Balance, comme toi. Elle a de multiples vertus. Surtout, on dit qu'elle peut influencer l'amour.

Cette pierre pouvait influencer l'amour ? Intéressant...

Nathalie s'empara d'un couteau et commença à découper le gâteau.

– Moi ! Moi ! Moi ! s'exclamèrent les petits frères, se chevauchant l'un l'autre, en mode survie.

Marc avait la tête posée sur le ventre de Nathalie. Elle lui caressait les cheveux, faisait des anglaises avec ses mèches gris argent. Nus, à moitié sous la couette, perpendiculaires l'un à l'autre, ils s'aimaient et venaient de se le prouver. Aussi heureux soit-il, Marc repensait à ce matin d'août 2014, lorsque Lola avait cessé de parler.

Ils avaient loué un bungalow dans un camping au bord d'une rivière paradisiaque. Coupés du monde depuis dix jours. Tout se passait bien. Jusqu'à ce qu'un beau matin, pas si beau que cela en fait, Lola ouvre la bouche et essaye de parler... Rien n'était sorti, sinon un râle. Elle avait essayé, jusqu'aux larmes. Non, elle ne faisait pas tourner ses parents en bourrique. Ce n'était pas une blague. Lola ne parlait plus. Point barre.

La pédiatre les avait guidés vers un spécialiste qui les avait aiguillés vers un autre spécialiste qui avait demandé un scanner qui n'avait rien donné. Les cordes vocales étaient intactes, le larynx à sa place, la langue mobile. Le test de Q.I. ? Moyenne haute. Cette gamine était jusque-là sociable, souriante, heureuse de vivre. Simplement, elle ne parlait plus.

L'orthophoniste chez qui Lola fut envoyée avec ses parents leur expliqua que le mutisme pouvait toucher n'importe qui à n'importe quel âge. La psychologue était du même avis. Lola allait bien. Sa scolarité serait adaptée et ses rapports sociaux affectés par cette...

« Infirmité ? » avait proposé Marc à contrecœur.

« Mise en sommeil temporaire d'une capacité », avait reformulé la psy, ajoutant :

« Elle reparlera. Ne vous inquiétez pas. »

Les parents Mons étaient retournés à leur quotidien avec un tombereau de questions sans réponses : Pourquoi ? Qu'avaient-ils fait de mal ? Qu'était-il arrivé à leur fille ?

La période n'était pas facile. Le petit dernier avait débarqué sans crier gare. Son sommeil était agité et il monopolisait sa mère. Marc fut le premier à le reconnaître, il lui tapait sur les nerfs. Il ne fut jamais question de séparation entre les géniteurs. Le lien qui les unissait était trop fort. Mais Marc prit une dizaine de kilos, se remit à fumer, s'arrêta, perdit ses dix kilos en trop, se mura lui aussi dans le silence, reparla. Nathalie encaissait, solide. Du moins en apparence.

À l'occasion d'une promenade en forêt, en regardant Lola jouer dans une cabane de branches avec ses petits frères, Marc comprit que c'était comme ça, qu'ils n'avaient pas le choix. Lola grandissait. Lola changeait. Lola avait du caractère. Ils formaient une famille.

– Elle a préféré ton cadeau au mien.

Nathalie gratta le cuir chevelu de son homme. Du haut de ses quarante-cinq ans, il avait encore besoin d'être rassuré comme un petit garçon.

– Tu te fais des idées.

– Je sais lire dans ses yeux, tu sais ?

– Je sais.

Elle se pencha pour l'embrasser, se rallongea. Il en profita pour caler sa tête entre ses seins. Un calme venu de la nuit des temps l'envahit. Ils ne dirent rien pendant quelques minutes. La chouette effraie qui squattait le clocher de l'église rappela à ses consœurs que la place était prise.

– Elle change, continua Marc.

– C'est normal.

– Elle n'a pas eu l'air très enthousiaste pour l'enduro.

Marc emmenait Lola à une course, le lendemain. La jauge était limitée et il avait pu acheter deux places. Ils y étaient allés l'an dernier. Lola avait adoré voir des Stormtroopers de haute voltige couverts de boue voler sur leurs bécanes de butte en butte dans un concerto pour pétarades majeures.

– Elle va bien, affirma sa mère.

– N'empêche, ce soir, elle avait l'air ailleurs.

– Elle l'était, convint Nathalie.

Marc se redressa.

– Qu'est-ce que tu veux dire ?

– Mon petit doigt me chuchote qu'elle pense à quelqu'un.

Bizarrement, cela leur fit à la fois plaisir et froid dans le dos. Ils plongèrent dans leurs souvenirs respectifs. Lola, bébé. Puis petite fille unique, bavarde...

– Merde...

– Eh ouais, confirma Nathalie dans un soupir.

– D'après toi, elle l'a... fait ?

– Cela ne nous regarde pas, mon amour.

– Merde... recommença Marc qui venait de prendre un méchant coup de vieux.

Il enfonça la tête entre les seins de Nathalie, comme s'il voulait se cacher, comme s'il voulait échapper à ce monde sans pitié.

Lola ne dormait pas. Elle avait alterné des périodes de lecture (brèves) et de réflexion (sans fin). Son téléphone était allumé à côté d'elle, ouvert sur son groupe de discussion. Quatre membres de la brigade lui avaient souhaité un joyeux anniversaire, Georges se fendant d'un message mignon au possible.

Presque deux mois plus tôt, ils ne se connaissaient pas. Et une amitié à géométrie multidimensionnelle était en train de se mettre en place. Lola n'avait jamais fait partie d'un groupe. Elle restait méfiante. On ne se refait pas. Mais elle serait heureuse de les retrouver, demain soir pour ccrtains, lundi matin pour d'autres. À l'exclusion de Louna. On ne peut pas aimer la terre entière.

Minuit moins deux. Lola consulta son téléphone. Allez ! Envoie-moi un message ! Dans cent vingt secondes, il sera trop tard. Je suis sûre que tu es réveillé, toi aussi. Tu sais que c'est mon anniversaire.

Minuit moins une. Elle caressa la pierre de lune pendue à son cou. Son cœur pulsait non pas du sang mais du métal en fusion. Avec ce métal, elle fabriquerait une épée. Avec cette épée, elle lui trancherait…

Le message tant attendu tomba. Convenu mais assorti d'un émoji embrassant le vide.

FAITES SAUTER LES GAMBAS

Monsieur Philippon, le professeur de cuisine qui aurait dû dévoiler aux élèves les arcanes de leur art, jugea l'automne opportun pour faire son burn-out. Il avait de bonnes raisons de craquer, avec vingt ans de terrain et des lycéens de plus en plus compliqués à gérer, question discipline en tout cas.

Quand il avait commencé à enseigner, Philippon ne consacrait pas la moitié de son énergie à régler des questions de savoir-vivre. Non, on ne parle pas comme ça à un adulte. Non, on ne traite pas son camarade de fils de p... Le constat était navrant mais généralisé, des petites sections aux bacheliers, et il pouvait se résumer par cette formule : Le respect se perd.

Un mot de trop, pas de la part d'un élément de la 2ProC1 mais d'un noyau dur qui s'était constitué chez les premières, fut la goutte d'eau qui fit déborder le vase. Le prof demanda à un élève de jeter son chewing-gum. Ce dernier refusa. Ce n'était pas la première fois que le provocateur cherchait à le faire craquer. Il atteignit enfin son but. Il aida aussi monsieur Philippon à comprendre que le métier d'enseignant n'était plus fait pour lui.

Philippon avait d'autres excuses pour perdre pied. Un mariage prenant l'eau. Des enfants ingrats. L'approche de la cinquantaine et le bilan qui l'accompagne... Après l'épisode du chewing-gum, il rentra chez lui, il se laissa tomber au fond de son canapé, alluma la télé sans le son sur une émission débile, et il pleura. Il était parti pour pleurer longtemps.

Manquerait-il à ses élèves ? Pour être sincère, la réponse était : Non. Explications.

Il s'était plongé à corps perdu dans ce qu'on appelle la cuisine moléculaire. Les saveurs étaient encore au programme mais dans des portions congrues, et souvent à base de substituts. Il préférait l'azote liquide au bon vieux fouet classique et l'évaporateur rotatif au four tel qu'on l'utilise depuis la plus haute antiquité. Philippon ne parlait pas de nez mais de bulbe olfactif. Et les pauvres 2ProC1 avaient trimé des heures durant sur la rétro-olfaction, la pipérine, la réaction de Maillard, les micromolécules et le glutamate de sodium, à grand renfort de formules chimiques à apprendre par cœur.

L'horreur...

On était bien loin de la cuisine telle qu'elle se pratique dans le Périgord, sensuelle et généreuse. Philippon était une sorte d'erreur de casting. Il aurait été mieux à enseigner la cuisine dans la Silicon Valley. Donc *exit* le prof, ses émulsions, ses bulles, gelées, perles et autres écumes. Et maintenant, qui allait enseigner la cuisine aux CAP Cuisine du lycée Suzanne Bonneval ? Telle était la question.

– Je vous plains, se lamenta Vincent, un terminale dont le plan de carrière était de devenir barman dans un établissement de luxe, se faire plein d'oseille et rouler en Ferrari, une Rolex à chaque poignet.

Vincent était une bête à cocktails et un vrai concierge. Il savait tout ce que vous avez toujours rêvé de savoir sur ce lycée hôtelier périgourdin sans avoir jamais osé le demander.

– Au moins, Philippon, il n'aurait pas fait de mal à une mouche. Alors que celle qui va vous tomber dessus...

Les 2ProC1 étaient rassemblés autour du banc faisant office de trône à Vince, costard noir et chemise blanche, fumant une cigarette obligeamment roulée par un esclave. Les secondes étaient en tenue : chaussons, blouses, calots. Ils savaient qu'un nouveau chef avait été embauché, et ils allaient faire sa connaissance en salle 203 dans quelques minutes.

– Tu sais qui c'est ? demanda Mattéo.

– Hin, hin, fit le Grand Vince en soufflant trois impeccables ronds de fumée vers le ciel, comme s'il envoyait un message au Créateur.

– C'est qui ?

– Le Bosco.

Vincent eut un sourire entendu, sauta de son banc, écrasa son mégot, s'assura qu'il était éteint, le fourra dans une poche.

– Tu peux nous en dire plus ? insista Georges.

Vince pesa le pour et le contre, eut une expression navrée.

– Non. À part que j'aimerais pas être à votre place.

Les haut-parleurs crachèrent un air de *Carmen*. C'était l'heure de retourner en 203.

Ils avaient interrogé le Net, tapant chef + Le Bosco. La banque de données mondiale ne leur avait livré aucun portrait de cuisinier mais une page Wiki parlant du bosco, terme désignant un maître d'équipage sur les navires à voiles. Les secondes d'imaginer une sorte de loup de mer – anneau dans l'oreille et jambe de bois – qui allait leur imposer une discipline militaire. Les gorges étaient serrées lorsque la porte s'ouvrit sur le proviseur. La brigade se leva comme un seul homme.

Une femme d'une quarantaine d'années le suivait, masquée comme l'exigeait le protocole. Elle posa sa trousse-mallette sur le bureau. Les secondes savaient que chaque chef travaillait avec ses propres outils, comme chaque élève avait sa mallette à couteaux, offerte par le conseil régional, glissée sous son pupitre. La nouvelle venue échangea quelques mots avec le proviseur tout en nouant ses cheveux d'une main experte. Elle tira une baguette chinoise de sa manche et la planta dans son chignon.

– Vous pouvez vous asseoir, annonça le proviseur. Je vous présente madame Ketling. Elle a déjà travaillé dans notre établissement… Elle a bien voulu remplacer monsieur Philippon au pied levé. Madame Ketling sera votre professeure d'organisation et de production culinaire sur le reste de l'année scolaire.

Il se frotta les mains, les ouvrit, les frappa, une fois.

– Je vous laisse ?

La cheffe acquiesça, regarda le colosse quitter la salle, s'appuya contre le bureau. Ses yeux sautèrent d'un adolescent à l'autre.

Une... deux minutes passèrent. Certains commencèrent à s'agiter sur leurs chaises. Lola ne bougeait pas d'un cil. Le Bosco leur offrait une entrée en matière façon film muet. Excellent. Lola adorait les films muets.

La cheffe ouvrit sa mallette, fourragea dedans, la referma.

– Je veux voir comment vous bougez.

Louna fit un tour visuel de sa cour de princesse de pacotille, s'arrêta sur Mattéo qui haussa les épaules. Cette prof était frappée ou quoi ?

– Vous laissez vos mallettes ici. On va en cuisines.

Le Bosco ouvrit la porte, remonta le couloir sans vérifier qu'on la suivait. Elle entraîna une meute fébrile dans son sillage jusqu'à la cuisine numéro 3 et s'installa derrière le passe-plat. La brigade prit ses marques devant, bras croisés ou mains dans les poches du tablier, calots droits ou de guingois. La cheffe pianotait sur le zinc. Un rythme binaire, rapide.

Tout à coup, elle attrapa le marqueur posé dans la gouttière du tableau blanc derrière elle et dessina ce qui ressemblait à un hamburger éclaté. Quand elle eut fini, elle leur expliqua :

– Je viens de loin pour goûter votre fameux burger périgourdin.

Elle montra, étage par étage.

– Deux demi-pains maison parsemés de sésame. Nappe de confit d'oignons. Tranche de foie gras poêlée. Trois aiguillettes de canard. Poignée de mesclun. Patates rissolées en accompagnement.

Le Bosco avait un ventre plat de marathonienne. Elle le claqua, faisant résonner des abdos qui n'avaient rien de virtuel.

– Mon régime va en prendre pour son grade, mais j'ai faim.

Les apprentis regardaient le tableau comme si on venait de leur demander de monter un réacteur nucléaire acheté en kit sur un site nord-coréen. Sans doc technique et avec des pièces manquantes.

– Qu'est-ce que vous attendez ?

Medhi leva le doigt, révélant son éducation même s'il soignait son côté racaille.

– Euh... madame, on n'a rien pour cuisiner ça.

Les fours n'étaient pas allumés. Les ingrédients – si tant est que les bons s'y trouvent – attendaient au garde-manger. Et les secondes avaient laissé leurs couteaux en 203.

– Mimez.

– Pardon ? s'exclama Medhi.

– Faites semblant mais soyez efficaces et précis.

La cheffe régla le chrono sur la montre à son poignet, un modèle nageur de combat.

– Vous avez une heure.

Elle attendit. Après un moment de flottement, Georges réagit, s'octroyant la part du lion.

– Je gère le foie gras.

Il plongea dans le frigo, en sortit une terrine qui n'y était pas, la posa sur une desserte, en retira délicatement le film invisible... Les autres se lancèrent, s'attribuant les tâches, tentant de s'organiser, s'interpellant, se bousculant. Six concentrés d'hormones en ébullition censés tendre vers une réalisation commune...

Le Bosco siffla entre ses doigts au bout de vingt minutes, signifiant un arrêt de jeu. Tous de se tourner vers elle. Certains restèrent à leur poste. Lola faisait semblant de rissoler des pommes de terre dans la graisse de canard. Elle en sentait presque l'odeur.

– J'ai vu ce que je voulais voir. Et y a du boulot. Ce sera tout pour aujourd'hui.

Les apprentis se bousculèrent près de la porte en vue de rejoindre la 203.

– Opopopop ! calma la cheffe. On ne laisse jamais une cuisine dans cet état.

Medhi, décidément audacieux, exprima à haute voix ce que la communauté pensait tout bas.

– Quel état, madame ? On n'a touché à rien ! Elle est nickel !

Le Bosco sourit à Medhi. Son expression était un tantinet perverse.

– L'hygiène, c'est la base, le b.a.-ba. Sols. Surfaces. Plats. Vous allez nettoyer cet endroit de fond en comble. Et cette fois, vous ne ferez pas semblant.

Un frisson de révolte courut entre filles et garçons. La cheffe attendait. Face-à-face crucial qui n'aurait lieu qu'une fois. La suite en dépendrait.

Le Bosco n'eut pas besoin de se répéter. Les apprentis savaient que la discipline était essentielle. Ils sentaient que ce pseudo-tyran d'un mètre soixante et cinquante kilos tout mouillé avait des choses à leur apprendre. Et ils voulaient apprendre. Si cela n'avait pas été le cas, Galina Ketling, qui avait cuisiné pour les grands de ce monde, aurait rendu son tablier dans la journée et serait retournée chez elle.

Heureusement, ce ne fut pas le cas. Quelqu'un lança sans grand enthousiasme mais lança tout de même :

– Il me faut deux personnes à la plonge !

PRÉCHAUFFEZ LE FOUR À 220-240 °C (THERMOSTAT 7)

À des milliers de kilomètres de là, madame Năo contemplait les montagnes du district de Yinjing. Le tout-terrain conduit par son chauffeur, garde du corps et amant occasionnel, avait laissé derrière eux, une heure plus tôt, le barrage des Trois-Gorges et ses millions de mètres cubes d'eau crachés par les turbines du plus grand ouvrage hydroélectrique au monde. Cette construction démesurée était un défi jeté à la face de la Nature. Honte et Crainte auraient dû habiter n'importe quelle fourmi humaine au spectacle de cette arrogance.

– Nous y serons dans dix minutes, annonça le chauffeur.

Ce n'était pas la première fois qu'ils se rendaient dans cette ferme à ours. La bile qui y était produite était d'excellente qualité. En tout cas, les clients fortunés de madame Não, exclusivement masculins, vivant dans les grandes villes – Pékin, Hong Kong, Singapour, Shanghai – en redemandaient.

Les mains de la passagère se mirent à trembler, comme si elles voulaient prendre leur liberté. Madame Não les enfonça dans les poches de son manteau.

– Gare-toi, s'il te plaît.

Le tout-terrain se rangea sur le bas-côté. Le chauffeur arrêta le moteur et lança un regard inquiet dans le rétroviseur. La femme força sa main droite à lui obéir pour ouvrir la portière et descendit sur le ruban de terre. Trois rapaces tournoyaient dans le ciel, profitant d'un courant ascendant pour prendre de la hauteur, scrutant le sol à la recherche de leurs prochaines victimes.

Madame Não se concentra sur son souffle pour se relaxer, reprendre le contrôle. Elle imagina les nerfs, de l'extrémité de ses doigts jusqu'au cœur de son cerveau, visualisa les impulsions électriques qui les parcouraient. Les mains tremblaient toujours. Elle jura et tapa du pied. Les mains se calmèrent, enfin.

Elle sortit sa cigarette électronique et tira dessus tout en sachant pertinemment que le liquide contenu dans la cartouche était nocif. Comme l'air qu'ils respiraient dans les mégalopoles. Comme l'eau de pluie chargée en pesticides. Comme tout ce que l'Homme transformait.

Elle se tourna vers la voiture. Le chauffeur assis devant son volant feuilletait un des romans-photos qui remplissaient la boîte à gants. Bo avait l'œil humide quand il dévorait ces histoires à l'eau de rose.

Madame Não remonta dans le tout-terrain. Bo jeta son roman sur le siège passager. La voiture aborda les lacets qui menaient à la ferme, plus haut dans la montagne. Elle attrapa le roman-photo. L'histoire était idiote et les personnages, pourtant adultes, s'exprimaient comme des ados à qui on aurait retiré la moitié du cerveau. Autant dire qu'il ne restait pas grand-chose. Mais chaque page, et chaque vignette dans chaque page, parlait d'amour.

L'amour… Principe universel, élan, force qui nous anime, tous, du berceau au cercueil. Être aimé(e) par ses parents, être aimé(e) par son aimé(e), être aimé(e) par ses enfants. L'époque gravitait autour de ce besoin viscéral. Réseaux sociaux. Selfies. Regardez-moi ! Likez-moi ! Aimez-moi !

– Nous sommes arrivés, annonça le chauffeur.

Le hangar de tôles ondulées était accolé à une baraque en torchis. Le fermier et son fils approchèrent. Les nouveaux venus sortirent de la voiture. Les salutations d'usage furent expédiées. Le propriétaire invita la femme d'affaires à entrer dans sa maison. Elle argua qu'elle était pressée.

Le père fit signe au fils qui marcha jusqu'à un quad auquel était attachée une remorque. Sur la remorque, deux cents litres de bile enfermées dans des bocaux d'un litre chacun. Le fils revint avec le quad, se gara derrière le tout-terrain, transféra la marchandise sur le plateau arrière. Madame Não opéra le virement de compte à compte *via* son téléphone, sans un mot. L'opération validée, le propriétaire réitéra sa proposition de partager une tasse de thé. Bo observait sa patronne à la dérobée. Il ne l'avait jamais vue ainsi au moment d'une transaction, plongée à ce point dans ses pensées.

Madame Não était dure en affaires et on la respectait. Elle s'était spécialisée dans les produits aphrodisiaques venant de la faune et de la flore, tous naturels, tous plus ou moins légaux. Poudre de concombre de mer. Pénis de tigre, de phoque ou de castor. Maca péruvienne. Langues de cerf sika. Tarentules frites. Écailles de pangolin... Le pangolin, ce mammifère bizarre recouvert de kératine, sans doute à l'origine de l'épidémie de coronavirus. Tout ce foutoir planétaire pour que des hommes retrouvent – soi-disant – leur vigueur...

Elle avait arrêté la poudre de corne de rhinocéros. Trop compliqué de s'en procurer. Mais tel membre éminent du Parti voulait déguster une soupe de testicules de taureaux ? On la lui faisait livrer avec la recette adéquate. Tel chef d'industrie voulait avaler son verre de bile au petit déjeuner ? Il suffisait de commander *via* le site Internet de la société. Résultat garanti. Satisfait ou remboursé. Aucun client n'avait jamais demandé à être remboursé.

– Madame ? intervint Bo.

Elle sursauta, se tourna vers son chauffeur, puis vers le fermier et demanda :

– J'aimerais voir vos ours.

Le fermier se dirigea vers le hangar de tôles, la femme d'affaires et Bo sur les talons. Il ouvrit une porte grinçante, actionna un interrupteur. Des néons s'allumèrent. Il s'effaça pour la laisser entrer.

Ce spectacle était choquant. Mais elle savait à quoi s'attendre. Et puis, c'était juste des animaux.

Dix ours noirs des montagnes pesant chacun plus de cent kilos étaient emprisonnés dans des cages en métal posées à même le sol, sur leur longueur. Les ours les remplissaient entièrement. Ils ne pouvaient pas bouger. Leur respiration était lourde, lente ou saccadée, agonisante. Le bas de leur dos avait été rasé et un cathéter fixé avec du sparadrap plongeait dans les chairs, droit dans la vésicule biliaire. Le précieux liquide était recueilli dans une poche chirurgicale. Un ours affamé pouvait produire deux doses de bile par jour. À bout de forces, il était achevé et remplacé.

Le propriétaire et Bo restèrent sur le seuil pendant que madame Não déambulait entre les cages jusqu'au fond du hangar. La puanteur qui prenait à la gorge lui donna envie de vomir, une fois n'est pas coutume. Un ours gémit. Elle s'arrêta à son niveau. L'humaine s'accroupit et plongea ses yeux dans ceux de l'animal. Qui lui parla.

– Tu es malade.

Madame Não tourna la tête vers Bo et le fermier, restés à l'entrée. Ils n'avaient rien entendu ? Un ours qui parle, c'est quand même pas banal ? En plus, il avait la voix de cet acteur américain dont elle avait oublié le nom...

– Cette saleté, dans ta tête, elle va te tuer.

– Ma tumeur ?

Mains tremblantes. Absences. Nuits chaotiques. Elle avait consulté un neurologue un mois plus tôt. Une IRM était programmée. Elle priait pour que ça s'arrête là.

– Pas la peine de prier, reprit l'ours. C'est pas comme ça que tu vas t'en débarrasser.

Nous sommes d'accord, les ours ne parlent pas et les belettes ne dansent pas la rumba. La vie n'est pas un film de Walt Disney. Cet échange se déroulait dans la tête de madame Não. Sans doute un effet secondaire de sa tumeur. N'empêche que, pour elle, la conversation était bien réelle. J'espère qu'elle l'est aussi pour vous. Reprenons.

– C'est pas comme ça que tu vas t'en débarrasser.

– Qu'est-ce que tu en sais ? ragea la femme d'affaires.

L'ours, malgré le peu d'espace dont il disposait, parvint à hausser une épaule.

– Si tu le prends sur ce ton, je me tais.

Il bâilla.

– Dommage, j'avais une solution à te proposer.

Bo commençait à s'inquiéter pour sa maîtresse. Cela faisait cinq bonnes minutes qu'elle était penchée sur cette cage, au fond du hangar. Il s'apprêtait à la rejoindre lorsque madame Não se redressa, gagna la sortie, fit comprendre au chauffeur, par gestes, de la laisser tranquille. Elle marcha jusqu'au 4 × 4 et s'appuya contre la remorque. Elle pensa au marché qu'elle venait de conclure avec l'ours.

« Quelle est la solution ? avait-elle demandé.

– D'abord, tu condamnes cet endroit.

– Le fermier te tuera quand même.

– Mais mes frères, dans les montagnes avoisinantes, vivront. Alors ?

– D'accord. »

Le regard de l'ours avait gagné en intensité. Son esprit était entré dans celui de madame Não. Et il y resterait.

« Tu étais en France, l'an dernier. »

Madame Não avait noué des contacts à Paris. Les Français aussi étaient friands de produits aphrodisiaques. C'était le moment d'écraser la concurrence. Elle n'eut pas besoin de répondre. L'ours, dans sa tête, savait tout d'elle.

« Tu vas y retourner le plus vite possible.

– À Paris ?

– On s'en fiche, de Paris. Tu vas te rendre dans le sud-ouest de la France, en Dordogne. »

L'ours venait de réveiller un projet qu'elle caressait depuis qu'elle avait vu un reportage sur le caviar des aphrodisiaques : la truffe du Périgord noir. Une façon propre de continuer à pratiquer son business.

« Quel est le rapport avec... »

Elle s'était tapoté le crâne.

« Je te le dirai là-bas. »

L'ours avait fermé les yeux. La discussion était close.

Madame Não rejoignit le propriétaire. Sa ferme, c'était fini. Dès qu'ils seraient partis, il tuerait les bêtes. Elle acheta aussi l'endroit, au prix fort, et s'assura, grâce à la promesse de futurs virements échelonnés dans le temps, que l'homme et son fils cesseraient tout élevage. Ils acquiescèrent au bout de quelques secondes de réflexion. Avec cette manne qui tombait du ciel, ils pouvaient ne plus travailler du tout. Cela n'empêcherait pas d'autres fermes de produire de la bile, le massacre continuerait. Mais sa part du contrat entre elle et l'ours était remplie. À lui de remplir la sienne une fois qu'elle serait dans le Périgord, à l'ours de lui sauver la vie.

Bo tint la portière ouverte à la femme d'affaires. Celle qui guidait son existence avait changé. Ils étaient à un tournant. Où qu'elle aille, il irait.

Elle l'affranchit. Finis, les endroits sordides comme celui-ci et les marchés insalubres sur lesquels on vendait les animaux exotiques. Direction la France. Bo acquiesça. Les Français avaient sûrement de bons romans-photos.

L'ours, dans la tête de madame Năo, s'endormit pour de bon alors que des coups de feu claquaient dans le hangar.

FAITES SUER LES OIGNONS

La Pédale Sarladaise, association de vélocipédistes forte de soixante-dix membres à la moyenne d'âge équivalente, organisait son dîner annuel au restaurant d'apprentissage du lycée Bonneval. Certains repartiraient en voiture, d'autres à vélo. Quoi qu'il en soit, la Pédale était connue pour être sans pitié question critique culinaire. Les seniors fringants et équipés comme des coureurs du Tour de France avaient les papilles aussi affûtées que leurs muscles et tendons. Quand la cuisine, une religion dans la région, se révélait en dessous de leurs attentes, ils le faisaient savoir.

– C'est la bonne occasion pour vous tester, annonça le Bosco à sa brigade, deux jours avant l'événement, histoire de les préparer mentalement. Les 1ProC1 se chargeront du dessert. Vous, de l'entrée et du plat principal.

Les six stressèrent. Jusqu'à présent, ils avaient épluché, émincé, saisi et mitonné des plats pour l'équipe enseignante. Et encore, des basiques. Avec les cyclistes sans pitié, ils allaient connaître leur baptême du feu.

Galina Ketling attrapa un feutre dans la rigole du tableau blanc et écrivit *Verrines de crevettes aux kiwis* puis, dessous, *Cuissot de chevreuil aux cèpes*. Quand elle se retourna, Louna avait déjà la main levée. Ketling lui donna la parole.

– Pour le chevreuil, vous prévoyez une marinade, cheffe ?

Louna était fille et petite-fille de chasseurs, et chasseuse elle-même. Elle ne s'était pas privée de montrer à ses camarades les photos l'immortalisant accroupie devant la carcasse de tel sanglier qu'elle venait d'achever au couteau de ses blanches mains.

– En effet, convint le Bosco. Quels ingrédients pour une marinade ?

Ils avaient déjà planché sur le sujet. Louna releva aussitôt la main. Ketling l'ignora.

– Medhi ?

– Du vinaigre de vin.

– Georges ?

– Oignons, ail, échalotes.

– Mattéo ?

– Euh... huile d'olive ?

– Quoi d'autre ?

La brigade séchait.

– Céleri, carottes, herbes et épices, les éclaira le Bosco. Reste l'ingrédient principal.

Louna tendait la main comme si elle voulait toucher le plafond. Ketling préféra s'adresser à...

– Lola ? Une idée ?

Le Bosco prenait garde à ne privilégier personne. Mais cette gamine qui ne parlait pas avait des choses à raconter. En cuisine tout du moins. Il suffisait de la regarder manier poêles et casseroles, se mouvoir autour du piano de cuisson et sortir les plats des fours pour comprendre qu'elle était dans son élément. Et elle était curieuse. Dans tous les sens du terme.

Lola tapa quelque chose sur son téléphone, monta le son, laissa la voix électronique répondre à sa place :

– *Le sang de la terre.*

– Pfou, soupira Louna. Elle peut pas parler comme tout le monde, celle-là ? Du pinard, quoi !

Lola rangea son téléphone et tira la langue à Louna qui ne vit rien, masque oblige. Un air de *Carmen* retentit dans l'établissement *via* les haut-parleurs. La brigade devait rejoindre le tronc commun : deux heures d'histoire-géo.

– Je me chargerai de la marinade demain, lança le Bosco en distribuant les dossiers de préparation dans lesquels étaient consignés protocoles, mesures et ingrédients, les bases à potasser. Rendez-vous vendredi, 15 heures. Votre prestation sera notée comme un TP. Vous serez jugés sur votre tenue, votre comportement professionnel, votre hygiène, votre organisation, le dressage et l'envoi des commandes.

Les dossiers distribués, la cheffe ferma sa mallette et sortit de la salle, laissant derrière elle un parterre de mines effondrées.

Galina Ketling était elle aussi passée par les cases CAP-Apprentissage-CDD à répétition avant de devenir indépendante. Gérer un restaurant, supporter les charges comptables et administratives, jongler avec les directives d'hygiène parfois contradictoires, plus les contrôleurs et les critiques culinaires… C'était pas sa tasse de thé. Galina voulait juste cuisiner pour des gens. Et, tant qu'à faire, des gens intéressants.

Raison pour laquelle elle s'était présentée, du haut de ses vingt-trois ans, au 37 quai d'Orsay, à Paris, où se trouvait le ministère des Affaires étrangères, pour proposer ses services. Son CV était déjà impressionnant. Désormais, elle voulait voyager, sauter d'ambassade en consulats, contenter les grands de ce monde, expression inexacte, vu que les grands sont souvent petits et qu'ils vont à la selle, comme les autres.

Son culot avait payé. Elle avait d'abord été envoyée dans des pays « à problèmes » (Albanie, Honduras, Niger) avant d'être remarquée par un chef du protocole (grâce à une lotte à l'oseille cuisinée à Sofia) qui lui avait ouvert les portes du ministère de l'Intérieur. Le ministre d'alors avait basculé veggie. Galina était une viandarde. Incompatibilité d'humeur. Elle avait donc rebondi vers la Défense où un haut gradé lui avait trouvé son surnom : le Bosco. Elle était libre, sans homme ni femme, ni enfant(s), rigoureuse, inventive. Elle se fichait des décalages horaires. Travailler dans un pays en guerre ne lui posait aucun problème. Surtout, c'était une tombe. Quoi qu'elle entende, quoi qu'elle voie, elle le gardait pour elle.

On l'envoya dans des caches, des endroits anonymes, des résidences prêtées par des amis de la France, cuisiner au gré des envies, des rencontres et des contrats à signer. Armement. Nucléaire. Train à grande vitesse. Son risotto, son canard poêlé et sa ratatouille firent gagner des milliards à notre beau pays. On la demanda même en mariage. Deux fois. Un prince saoudien et un oligarque russe. Elle refusa et repoussa les bagues avec le sourire. Elle aurait fait une épouse déplorable.

Galina Ketling était revenue à une vie « normale » quand sa mère avait commencé à ranger son téléphone portable dans le freezer et à divaguer en chemise de nuit dans la rue principale de son village. Elle aurait pu la confier à une maison médicalisée. Sa mère n'avait qu'elle, et inversement. Galina était donc revenue sur les terres de son enfance, dans le Périgord. Elle avait passé un certificat d'enseignant et été engagée au lycée Bonneval. Pour des remplacements. C'était bien ainsi. Sa mère partie, elle repartirait aussi.

Et maintenant, en ce jour à marquer d'une pierre blanche pour la Pédale Sarladaise et pour la 2ProC1, alors que la pendule indiquait 15 heures, le Bosco se retrouvait face à six ados chauds comme la braise, en tenue de pied en cap – chaussures de sécurité, pantalons et vestes blanches, calots – et impatients d'en découdre, prêts à s'attaquer aux verrines. Ils s'étaient déjà réparti les rôles pour décortiquer les crevettes, assurer le mélange crème fraîche-citron-ciboulette-sel-poivre, peler et couper les kiwis, disposer, garnir, décorer...

– Changement de programme, annonça le Bosco.

Elle aurait pu afficher une expression sournoise. Son visage resta de marbre. Ketling laissa tomber six feuilles sur le passe-plat. Chacun prit la sienne.

– On remplace les verrines par des chipirons à la plancha.

– Pourquoi, cheffe ? gémit Medhi.

Ketling l'ignora.

– Déposez votre matériel ! Lavez-vous les mains ! Quelqu'un note l'état de la cuisine et remplit la feuille d'auto-contrôle ! Quoi d'autre ?

La brigade s'activa comme une ruche sur le pied de guerre.

– Vérification des consommables !

– Contrôle des marchandises !

– Contrôle de la température des enceintes réfrigérées !

– On allume la hotte, le gaz, les veilleuses !

– Et... ? demanda le Bosco.

Lola préparait la poubelle. Galina lui adressa un clin d'œil, tapa dans ses mains.

– Qu'est-ce que vous attendez ? L'heure tourne ! Au travail !

Manger est un acte intime. Apprécier un plat sollicite goût, vue, odorat... Les aliments sont transformés par votre corps, en molécules, glucides, protéines, sucres. Ces chipirons et ces cuissots de chevreuil devaient se transformer en plaisir, et le plaisir être partagé.

« Une brigade qui fonctionne mal, dans laquelle l'empathie est absente, fait de la mauvaise cuisine. » *Dixit* son premier patron, un Lyonnais pur produit de l'école Bocuse. Il y avait forcément des tensions dans une bande de six adolescents, mixte qui plus est. Mais le miracle pouvait arriver autour de la confection d'une recette. Tout tenait à cela.

Adossée au passe-plat, prodiguant ses conseils, analysant un geste par-dessus une épaule, prenant des notes, Galina Ketling gardait cette évidence à l'esprit. Cela valait pour la musique, l'écriture, l'amour, tout acte qui peut se révéler artistique. S'ils ne sont pas accomplis en symbiose – l'interprète avec son instrument et/ou l'orchestre, l'écrivain avec ses personnages, les partenaires amoureux entre eux –, ça ne prend pas. Pareil pour la cuisine.

Mélangez une égocentrique, une taiseuse, une tête de bois, un beau gosse, une grande gueule et un cœur de beurre et vous obtiendrez cette brigade qui fonctionnait du tonnerre. Chacun de trouver sa place quasi naturellement. Qui nettoyant les chipirons, les coupant, hachant ail et persil, éminçant poivrons et chorizos. Georges et Louise se chargèrent de la fondue de tomates. Le top départ pour la cuisson du chevreuil mariné fut donné à 17h30, sur les conseils du chef de rang qui attendait les soixante-dix convives pour 19 heures pétantes. Cèpes lavés, épluchés, séchés. Le Bosco sonna une pause d'une demi-heure.

– Tout le monde en cuisine à 18h30 pour lancer la cuisson des champignons, des chipirons et, surtout, pour l'opération de dressage !

Les apprentis étaient de retour à l'heure dite. Ils se placèrent en ligne face au Bosco, bras croisés, prêts à apprendre. La cheffe avait allumé la plancha. Elle leur expliqua, joignant le geste à la parole :

– La plancha à deux cent cinquante degrés. Il faut saisir les chipirons, être vif, ne pas les laisser devenir caoutchouteux.

La cheffe lança une poignée de calamars sur la plaque de fonte brûlante.

– Voyez comme ils se colorent…

Les secondes se penchèrent, observèrent, humèrent.

– Ensuite, on assaisonne. Sel, ail, chorizo. Trois quatre minutes. Pas plus. En remuant. Et là… Louise. Vinaigre.

Louise attrapa la bouteille de balsamique et la tendit au Bosco qui arrosa les chipirons. Le vinaigre grésilla sur la plancha.

– On déglace. Et on dresse…

Elle fit glisser les chipirons dans l'assiette que Lola venait de lui tendre.

– Quelques brins de persil, et c'est bon.

– On peut goûter, cheffe ? tenta Medhi.

Le Bosco avait fait sa démonstration avec une centaine de grammes de ces petits calamars. Divisés par six, chaque seconde aurait droit à une bouchée et une seule. La cheffe acquiesça. Des fourchettes furent sorties d'un tiroir à couverts.

– Il manque un truc, remarqua Louise après avoir mastiqué, comme les autres, avec application.

– Poivre ? proposa Medhi.

– Non, trancha Georges qui se tourna vers Mattéo. T'en penses quoi ?

Mattéo demanda son avis à Lola qui dodelina de la tête. Elle savait mais attendait que les autres le disent à sa place.

– Moi, je trouve ça bien comme ça, jugea Louna.

– Et moi, je vous dis qu'il manque quelque chose, lui renvoya Louise.

Le Bosco les observait, accoudée au passe-plat, le menton dans une main. Les secondes se tournèrent vers elle. Elle avait délibérément omis un ingrédient important. Lequel ? Ils avaient révisé pourtant ! C'était écrit noir sur blanc dans leurs dossiers de préparation. Ils l'avaient sur le bout de la langue. Mais même Medhi séchait.

Lola qui s'était éclipsée revint du présentoir à épices et agita un flacon rempli d'une poudre rouge.

– Le piment d'Espelette ! s'exclama Louise. On en tient une sacrée couche !

– Un point pour Lola, confirma le Bosco.

Lola afficha un sourire de Miss France et fit la révérence. Ses camarades l'applaudirent, sauf Louna, vénère. Le Bosco récupéra le piment et le posa à côté de la plancha.

– Fin de la récré ! annonça-t-elle, revenue en mode sergent-major.

Une moitié de la brigade fut affectée aux chipirons, l'autre au chevreuil.

– Mattéo, tu coupes les cèpes et tu les fais revenir dans du beurre. Quelqu'un pour l'aider !

Lola se proposa en levant la main.

– OK. Vous quatre, vous sortez les cuissots !

Il y en avait sept. Les fours tournaient à plein régime depuis deux heures et demie. Le Bosco leur montra comment découper les pièces et dresser une assiette parfaite avec du jus de cuisson autour. Ils en auraient soixante-dix à réaliser, sans parler des entrées. Les vingt minutes qui suivirent passèrent dans une ambiance studieuse et un brin tendue. Mais il n'y eut aucun accident, ni dérapage, ni mot déplacé, constata le Bosco avec satisfaction.

À 19 heures, le chef de rang entrebâilla la porte et annonça :

– Ils arrivent.

La cuisine se transforma en cocotte-minute sous pression. Louise avait été désignée pour gérer le dressage, être cheffe à la place de la cheffe. Les entrées s'alignaient sur le passe-plat. Louise s'assurait que les chipirons étaient correctement disposés, tournait les assiettes dans le bon sens pour les apprentis serveurs qui venaient les prendre par lots de trois ou de six, et repartaient avec, équilibristes.

La pression monta encore d'un cran quand ce fut le tour du plat de résistance. Les assiettes arrivaient trop vite sur le passe-plat, les bords étaient tachés de sauce. Louise se retrouva dépassée. Louna engueula Medhi qui, à force de faire le malin, en mettait partout. Lola et Mattéo vinrent à sa rescousse. La barre fut rétablie et les sept gigues débitées, napées, fumantes, disparurent en salle.

Le silence s'abattit sur les cuisines, les ados écarlates écoutant la rumeur du restaurant, brouhaha et bruits de couverts.

– On ne s'endort pas ! rappela le Bosco, impitoyable. On débarrasse ! Je veux les postes de travail propres dans trente minutes ! Les ingrédients sur le chariot !

Les six se mirent à briquer la cuisine, nettoyant même les plats qui n'avaient pas servi, essuyant les filtres à hottes qui n'avaient pas tourné. Georges finit en passant le jet d'eau sur le carrelage. Pendant ce temps, les autres, excités comme des puces, se retenaient de demander au Bosco ce qu'elle avait pensé de leur prestation.

Ketling prit une dernière note, rangea ses papiers.

– Je vais voir le chef de rang.

Elle alla aux nouvelles. Ils étaient angoissés comme des terminales qui attendent l'affichage des résultats du bac. La cheffe avait bien sûr son mot à dire. Mais le verdict viendrait de la salle. Et ils imaginaient le pire.

Le Bosco revint avec une tête d'enterrement.

– Suivez-moi.

Ils suivirent, triste colonne de condamnés se rendant à l'échafaud. Les premières qui avaient réalisé le dessert – bombe glacée chocolat, érable, noix de pécan – attendaient, en rang. La salle du restaurant d'application était pleine. Les conversations s'éteignirent. Les seniors en étaient au café. Ils fixaient les ados masqués, pétrifiés, qui n'en menaient pas large.

Un vélocipédiste tapa dans ses mains, brisant le silence. Quelqu'un à une autre table le suivit. Cela monta comme une vague.

Une minute plus tard, tous, le Bosco inclus, applaudissaient. Les premières, rompus à l'exercice, saluèrent dans un bel ensemble. Les secondes les imitèrent avec une candeur touchante et des étoiles dans les yeux.

FAITES SÉCHER DOUCEMENT AU FOUR

Nos héros vont creuser leurs sillons, gagner en confiance, faire des erreurs, aussi. C'est inévitable. Ils vont connaître le confinement#2. Ça nous pendait au nez... Le lycée ne fermera pas pour autant. Ouf! La vie va continuer. Des larmes vont couler. Des cœurs vont battre plus fort. Mais ils vont grandir, ensemble. Car le groupe est soudé. Du moins, c'est l'impression qu'il semble donner.

Galina Ketling va aussi leur apprendre à élaborer un bouillon ou un fond de sauce, à cuire un œuf à la coque, poché, au plat et mollet (pas si évident), à farcir des cannellonis, à vider une pintade. Ils vont devenir incollables sur les risques de contamination, d'accidents et d'intoxications. Et il y aura, surtout, les GT. Le Bosco a prévenu les 2ProC1 au début de la deuxième période, entre la rentrée de la Toussaint et les vacances de Noël :

– Une fois par semaine, le jeudi soir, nous allons organiser une Grande Tablée. Chacun d'entre vous choisira un plat à cuisiner, à tour de rôle. La brigade se mettra sous les ordres de ce chef. Puis nous mangerons ensemble.

La période comptait sept semaines. Ils étaient six. Louna leva la main.

– Ça veut dire que vous allez aussi cuisiner pour nous, cheffe ?

– La dernière semaine, oui.

– On mangera quoi ? demanda Medhi.

La question que tout ado pose à ses parents quand il est en mode parasite et quand son ventre parle, c'est-à-dire tout le temps. Ketling leur servit la réponse de tout parent qui se respecte.

– Vous verrez. Qui se charge de la première semaine ?

Georges se désigna. Les autres suivirent, Lola se glissant entre Mattéo et Louna. Une fois le planning établi, Ketling annonça qu'elle se contenterait d'un plat de résistance. Mais ce plat devait avoir une histoire, être préparé avec cœur. Cuisiner et partager un moment autour d'une table étaient les deux faces d'une même pièce.

Georges était un sentimental. Il leur apprit à cuisiner la ficelle picarde comme la faisait sa grand-mère, crêpe fourrée de jambon, de gruyère et d'une préparation à base de champignons. Un tantinet lourd, mais réconfortant. Aucun doute là-dessus.

Une semaine plus tard, Louise donna un coup de fouet à leur palais avec un bò bún au bœuf pimenté. Sa mère, d'origine vietnamienne, lui avait appris à le préparer. La saveur en était subtile, complexe, comme la plupart des plats asiatiques. Coriandre, sauce soja, miel, oignons, vermicelles de riz, nuoc mam, citronnelle, concombre, salade et pavés de bœuf. « Une tuerie », jugea Medhi. À cette occasion, Louise voulut leur apprendre à manger avec des baguettes. Ce fut une catastrophe pour à peu près tout le monde, sauf pour le Bosco qui avait fait son tour du monde.

Medhi épata la galerie en donnant corps au hamburger périgourdin avec lequel Ketling les avait testés le premier jour. Le bò bún, ça allait. Mais ficelle picarde plus MacFoie gras... Les ceintures allaient exploser ! Après cette bombance, Ketling se promit d'axer son prochain cours sur les calories, nécessaires et dangereuses.

Mattéo ne retint pas la leçon. Ou il fit la sourde oreille. Le mardi suivant, il lança le mot magique : pizza ! Son oncle Alberto tenait une pizzeria à Mont-de-Marsan. Il avait appris à Mattéo à faire une pâte digne de ce nom. Chacun la garnit de ce qu'il voulait. Mais le moment intéressant se situa avant, quand Mattéo requit l'énergie de la brigade pour frapper la pâte. Ils y mirent une belle hargne.

Lola hésita longtemps. Medhi lui avait piqué l'idée du hamburger pas virtuel. Ils avaient déjà eu leur content de viande. Elle n'était pas très poisson. Le Bosco avait insisté sur l'apport calorique. Pas plus de deux cents par personne ! Elle trouva la recette idéale sur le Net. Le côté italien la rapprochait de Mattéo. Et, comme pour la pizza, la préparation donnerait lieu à un chouette moment. Elle écrivit ses consignes sur le tableau blanc.

La fabrication des pâtes fut l'occasion d'une compétition de biceps entre Medhi et Mattéo lorsqu'il s'agit de faire tourner le laminoir. De leur côté, Lola, Louise et Georges préparèrent le pesto d'amande, équeutant le basilic, le mixant avec l'ail, les amandes, le persil, le grana padano, ajoutant huile d'olive, fleur de sel...

– Et du poivre ! exigea Louna qui jouait les contremaîtres, volant d'un poste à l'autre, donnant son avis même quand on ne le lui demandait pas.

Lola leva les yeux au ciel mais la laissa faire.

Lorsque les pâtes furent cuites, Lola les mélangea au pesto, les répartit dans les sept assiettes, posa une demi-burrata crémeuse sur chaque portion, parsema d'amandes grillées, sala, poivra et signa d'un L en cursive avec un filet d'huile d'olive.

– Et voilà ! annonça Louna, paradant à sa place.

Les pâtes furent dégustées dans un silence monacal, le meilleur des critères. On applaudit Lola qui rougit, une fois n'est pas coutume.

Vint le tour de Louna. On attendait d'elle un plat costaud, basique, roboratif. Elle surprit en se lançant dans une tourte aux cèpes. L'atelier de cuisine fut donc précédé d'une chasse aux champignons, la CPE leur signalant les « bons coins » autour du lycée. Ce qu'ils dégustèrent lors de cette sixième tablée leur confirma que la fraîcheur du produit était une condition *sine qua non*. Louna leur raconta l'affût, quand elle partait à la chasse avec son père, ce que révèle une forêt à qui sait se taire.

La tourte fut applaudie aussi.

Vint enfin le tour du Bosco. Ils avaient réussi à en apprendre un peu plus sur cette professeure atypique. Même si elle avait travaillé dans des sphères ultraconfidentielles, elle avait laissé des traces sur Internet. Tout le monde laisse des traces sur Internet. On l'avait repérée dans telle ambassade, auprès de telle personnalité. Galina Ketling devait pouvoir tout cuisiner. Ils allaient vivre un choc gustatif !

Le moment venu, elle leur dit de mettre leurs manteaux et de la suivre à l'extérieur. Le vallon était froid, humide, inhospitalier. Elle traîna les 2ProC1 jusqu'à un parterre d'orties. Elle distribua des paires de gants en latex, enfila les siens et se mit à arracher des poignées de plantes urticantes.

– Qu'est-ce que vous attendez ?

Les six restaient immobiles. Ils n'avaient pas signé pour un CAP jardinage !

– Vous ramassez des orties, cheffe ! meugla Medhi.

– Et alors ? Vous n'avez jamais mangé de soupe aux orties ? Non ? Vous vous coucherez moins bêtes ! Allez ! Au travail !

De retour aux cuisines, ils lavèrent et hachèrent les feuilles, les firent suer dans du beurre avant d'ajouter de l'eau bouillante. Un coup de mixeur, une noix de crème fraîche, et le tour était joué. À 19 heures, six adolescents contemplaient six assiettes remplies d'une mixture vert pop. Le fumet était... sauvage ? De la Nature à l'état pur. Mais personne n'osait se lancer.

– Vous êtes sûre que ça se mange, cheffe ? s'inquiéta Georges.

– Tout se mange ! affirma le Bosco. Vous savez que dans les Andes, on sert du cochon d'Inde ? J'ai eu l'occasion d'y goûter dans un restaurant. C'était amusant. J'ai choisi le mien dans une cage et on l'a cuisiné sous mes yeux. Il était trop mignon. Bon appétit !

Le Bosco avala une cuillerée de soupe, fit claquer sa langue, continua sur sa lancée, parlant de viande de phoque crue telle qu'on la consomme chez les Inuits ou de poulpe vivant à l'huile de sésame, spécialité coréenne. Cette fois-là, elle avait passé son tour. Des Coréens meurent étouffés chaque année quand le poulpe refuse de se laisser ingérer et qu'il s'accroche à la gorge de l'imprudent avec ses ventouses.

Les secondes finirent sagement leur soupe aux orties, gardant ce qu'ils en pensaient pour eux. Au moins, remarqua Louise, ils sauraient quoi manger si le monde venait à s'effondrer. Gibier, insectes, orties et tutti quanti ! S'ensuivit une discussion fort intéressante sur la fin de l'Humanité dont la pandémie leur donnait un avant-goût. Puis ils firent la vaisselle et allèrent se coucher sur des pensées moins négatives. Après tout, ils avaient la vie devant eux.

Voilà pour le volet pédagogique. Avant de retrouver la brigade à l'approche de Noël, il est de mon devoir de vous décrire plus précisément la région dans laquelle se déroule l'action : le Périgord noir. Je ne vais pas vous assommer avec de la géographie, de la géologie...

Quoique. Parlons un peu de géologie. Après tout, c'est une science fondamentale. Elle s'occupe de notre bonne vieille Terre qui nous promène dans l'Espace, non ?

On distingue trois Périgord : le vert, le blanc et le noir. Ces trois territoires s'étagent sur quatre gradins orientés nord-ouest/sud-est. C'est le troisième gradin qui nous intéresse. Soubassements de calcaires du crétacé, dépôts argileux, falaises à abris troglodytiques... Le Sarladais est une des trois zones identifiées dans le troisième gradin. Le calcaire y est dur, les falaises sont escarpées, les chênes verts et pubescents.

J'espère que vous avez pris des notes. Car les événements qui vont survenir dans cette région connue pour ses embouteillages de camping-cars l'été vont découler d'une notion fondamentale : le milieu crée l'action. Le trésor qui génère les passions, ce que les protagonistes convoitent ou protègent, ne serait pas le même dans le Périgord noir et à Las Vegas.

Ne mettons pas la charrue avant les bœufs et revenons à notre coin de paradis. Car le Périgord noir, quand il n'est pas envahi par des hordes de touristes, c'est-à-dire hors saison, est un paradis.

Imaginez. Des rivières sinuant entre des falaises blanches. Dans ces falaises, des cavités autrefois habitées. Car l'Homme ne s'y est pas trompé. Il y a de l'eau, de quoi manger, des abris contre les bêtes sauvages. Les plus anciennes traces d'installations remontent à moins 400 000, avant la dernière période glaciaire. Le Périgord noir, c'était la Riviera du pléistocène, *The Place To Be*. Et ça devait bouchonner question mammouths, hors période scolaire.

Vous avez un doute ? Suivez la vallée de la Vézère, roulez ou marchez ou pagayez. Arrêtez-vous. Vous ressentirez un sentiment de sécurité animal, inscrit dans vos gènes. Ici, tu seras à l'abri, vous chuchoteront les centaines de générations qui vous ont précédé. Tes enfants et les enfants de tes enfants seront à l'abri...

Revenons à nos 2ProC1. Vendredi 18 décembre. Dernier jour avant les vacances. Huit heures du matin. Les adolescents attendent sur le parking du lycée Bonneval. Ils ne le savent pas encore. Mais cette journée sera sanglante.

ÉBOUILLANTEZ LES TOMATES PENDANT 30 SECONDES

– Elle nous prépare quoi, cette fois ? s'inquiéta Medhi qui exécutait des séries de crochets contre un ennemi invisible pour se réchauffer.

– Je parie pour la ferme aux bisons, proposa Louise en passant la cigarette qu'elle avait roulée à Mattéo.

Il la refusa et la transmit à Georges et ainsi de suite jusqu'à revenir à Louise qui tira une bouffée avant de la recracher, dégoûtée. La cigarette avait en grande partie été fumée par le vent.

– Qu'est-ce qu'elle fout ? râla Louna.

Galina Ketling était en retard de trois minutes. Pour la princesse de la brigade, un crime de lèse-majesté.

– La voilà ! s'exclama Georges.

Le van se gara devant eux. La porte latérale s'ouvrit, leur permettant de se mettre au chaud. Le Bosco était au volant, bonnet afghan et mitaines. Elle referma la portière, opéra un savant demi-tour, et quitta la zone sous juridiction du lycée, emmenant six créatures innocentes vers de nouvelles aventures.

Ils prirent la direction de Sarlat mais bifurquèrent vers le sud avant d'atteindre les zones commerciales hideuses qui ceignent toute ville de moyenne importance.

– C'est quoi le programme, cheffe ? interrogea Medhi, guilleret.

Ils adoraient ces sorties pédagogiques dont le Bosco était friande. En tout cas d'après Vince, auto-proclamé futur champion du monde de cocktails. Galina Ketling aurait pu ou dû consacrer ces journées continues – la précédente et celle-ci – aux normes, décrets, gloubi-boulga administratif. Mais...

« La théorie, c'est pas mon truc, avait-elle prévenu d'entrée de jeu lors de la première expédition. Vous la potasserez de votre côté. À la place, je vais vous trimbaler chez des producteurs, des éleveurs, des maraîchers. Chez ceux qui produisent la matière première que vous allez transformer. Car il faut que vous compreniez une chose que je ne répéterai jamais assez : la qualité du produit passe avant la science ou le coup de main. Visez la vertu. »

Travailler d'une manière vertueuse... Ç'avait été le sujet de nombreux échanges entre le maître et les apprentis. Circuits courts, légumes de saison, traçabilité, arrêter de marcher sur la tête. Le Bosco l'avait déjà remarqué lors de ses précédents remplacements et la tendance se confirmait : la jeune génération était sensible aux enjeux environnementaux. Elle aiderait peut-être à un retour à la normale dans la délicate relation Homme-Nature mise à mal par nous-mêmes et nos aînés.

– On va où, cheffe ? demanda Louise.

Deux semaines plus tôt, le Bosco les avait emmenés chez un maraîcher qui récoltait ses poires, puis chez une éleveuse de chèvres qui avait aussi des ruches. Journée marathon durant laquelle ils étaient montés dans les arbres et s'étaient essayés à la traite de biquettes. Quant au miel, ils en avaient acheté un pot après que l'apicultrice leur avait montré ses ruches, en hivernage.

« On peut ouvrir et jeter un coup d'œil ? » avait osé demander Medhi.

L'éleveuse lui avait patiemment expliqué :

« En ce moment, les abeilles forment une grappe et se nourrissent du miel que je leur ai laissé. Si on les dérangeait, ce serait un peu comme arracher le plafond de votre chambre et votre couette alors qu'il fait moins dix à l'extérieur. »

Les secondes avaient grimacé. La métaphore leur parlait.

« Donc, faut leur lâcher la grappe », avait lancé Medhi.

Sa vanne était tombée complètement à plat. Et il s'était tu sur le chemin du retour. Une première !

Les produits achetés sur place avec l'argent du foyer avaient permis de confectionner des poires au chèvre chaud et miel de romarin dont le proviseur ne s'était toujours pas remis. Désormais, ses yeux brillaient d'amour quand il croisait Galina Ketling dans les couloirs du lycée Bonneval.

Le Bosco ne répondait toujours pas. Mais elle avait mis le clignotant pour s'engager sur un chemin de terre qui grimpait entre les chênes pubescents dont je vous parlais tantôt. Elle fit rugir le moteur et rebondir les ados sur leurs sièges.

Le chemin redevint plat. Apparut une ferme. Le van s'arrêta. Un type du genre viril – bûcheron canadien, ex des Forces Spéciales, double zéro avec permis de tuer au repos – approcha, en salopette, un couteau de boucher glissé dans la ceinture.

Le Bosco se tourna vers les Petits Poucets et leur confia de sa voix la plus onctueuse :

– Ce matin, on tue le cochon.

Lola émit un Gloups parfaitement audible.

L'homme au couteau, le saigneur, celui qui allait égorger la truie de deux cent cinquante kilos, n'avait pas de nom. Du moins, leur professeure ne le présenta pas. Ketling le connaissait sûrement, et intimement, songea Lola en surprenant leurs échanges silencieux. Il avait de faux airs de l'acteur Javier Bardem, mélange de tendresse et de brutalité. Aussi l'appellerons-nous Javier. Avec l'accent espagnol, s'il vous plaît.

Le Bosco n'avait jamais invité ses élèves à une mise à mort. Elle n'en avait pas parlé au proviseur. Elle n'avait pas envoyé de mot aux parents. Si ça se savait, c'était la mise à pied assurée.

Elle s'en foutait. Les filles ne naissent pas dans les roses ni les garçons dans les choux. On ne fait pas d'omelette sans casser des œufs et la viande vient forcément d'un animal à qui il a fallu ôter la vie. Les secondes retenaient leur souffle, à part Louna la chasseuse, habituée au sang.

L'opération aurait lieu dans la grange. La maie, cuve en bois qui ressemblait à un cercueil, avait été placée au milieu. Une femme attendait, assise sur un banc, une bassine sur les genoux. Galina plaça sa brigade autour de la maie, tel un chœur antique. Javier siffla entre ses doigts.

Deux hommes approchèrent, poussant devant eux une truie énorme qui poussait des grognements inquiets. On l'avait gâtée avec du blé, du maïs, de l'avoine, du chou, des raves et des châtaignes. La truie nourrirait une famille entière durant toute une année.

Sans se concerter, les deux hommes emprisonnèrent les pattes arrière de l'animal et le hissèrent grâce à deux poulies au-dessus de la maie. La truie poussa des couinements stridents et s'agita en vain, la tête en bas. Javier attrapa son couteau. La femme à la bassine se leva. Un geste, une parenthèse horizontale et tout fut dit. La bassine se remplit d'un sang fumant dont les effluves métalliques envahirent aussitôt la grange.

Les 2ProC1 regardaient, fascinés. Lola, quant à elle, se sentit vaciller. Elle ne pouvait détacher ses yeux de l'animal dont les spasmes s'espaçaient. Mais elle avait besoin de soutien. Elle chercha une main, à l'aveugle. N'importe laquelle. Elle ne savait pas qui était à côté d'elle. Sa vision se réduisait à un tunnel noir. Elle trouva des doigts chauds. Les serra.

La femme quitta la scène avec sa bassine de sang remplie à ras bord. Avec, elle allait confectionner le boudin et la sanguette. On descendit la truie dans la maie. Des litres et des litres d'eau bouillante furent apportés par deux autres femmes. L'animal fut lavé, ses soies retirées.

Quant à Lola, elle restait en retrait, sa main dans celle de Georges qui profitait de cet instant merveilleux dont il rêvait depuis des semaines. Georges secrètement amoureux de celle qui ne parlait pas. Georges qui, les yeux mi-clos, essayait de transmettre *via* leurs doigts entremêlés, *via* ces quelques centimètres carrés de peau qu'il partageait avec elle, les sentiments qui faisaient battre son cœur.

Le saigneur ouvrit la truie, et la découpa avec des gestes précis. Les femmes revinrent récupérer les entrailles et repartirent avec. Elles en feraient du boudin, des saucisses, du saucisson. Les hommes continuaient à tailler. Ils s'y étaient mis tous les trois cette fois. Jambons, lard et ventrèche seraient déposés au saloir. Quant aux graisses, on les mettrait à cuire dans une bassine en cuivre pour en faire des fritons. Pieds, langue, oreilles : tout serait récupéré, utilisé, consommé.

– Qui veut goûter la sanguette ? lança le Bosco.

La plupart ne savaient pas de quoi il s'agissait. La sanguette, soit une galette de sang frite à la poêle avec de l'ail, du persil et de l'oignon doux. Parfait pour le goûter du matin ! Les ados étaient prêts à s'embarquer sur des montagnes russes, faire de l'ULM ou sauter à l'élastique au-dessus d'une rivière infestée de crocodiles. Mais seulement trois tentèrent l'expérience : Louna, Louise et Mattéo, qui paraissait un brin moins motivé que les filles.

– Les autres, suivez-moi. On va vous montrer comment on fabrique de la saucisse.

Georges ne tenait plus Lola par la main. Elle avait fait un pas de côté en reprenant ses esprits. Elle adressa un sourire contrit au réconfort incarné et se dirigea vers le corps de ferme.

– Passez de bonnes vacances !

– Joyeux Noël, en avance !

– Faites gaffe au chocolat !

– Bonne année !

– Ouais ! On se retrouve l'année prochaine !

Louise et Medhi montèrent dans le car pour Perpignan. Les autres s'étaient évaporés. Lola retourna dans sa chambre chercher sa valise. Marc passait la prendre dans une demi-heure pour la ramener à la maison. Il avait un peu de retard, Tic et Tac ayant eu l'idée incongrue de cacher sa clé de voiture dans le paquet de céréales.

Sa valise était déjà prête. Elle s'assit sur le bord du lit, consulta la conversation de groupe de la brigade – personne d'autre n'était connecté –, considéra le chemin parcouru. Elle pensa à Georges... amoureux. Elle n'avait rien vu venir. Elle s'en voulait de l'avoir laissé espérer, d'avoir pris sa main qu'il ne voulait plus lâcher.

Georges n'était pas aveugle. Il sentait qu'il faisait fausse route. Il était reparti chez lui pour les vacances de Noël un jour plus tôt, sans dire au revoir.

Lola soupira. Georges ne l'attirait pas. Elle n'allait tout de même pas tomber dans ses bras juste pour lui faire plaisir ?

Elle se leva, fourra son oreiller dans un sac – elle ne dormait pas sans –, ferma sa chambre, sortit de l'internat. Elle hésita : attendre son père dans le hall, devant le portique, sous l'abribus ? Abribus, décida-t-elle.

Elle franchit le tourniquet, se laissa tomber sur le banc, sortit l'oreiller de son sac et le posa sur ses genoux pour se tenir chaud. Il n'y avait personne pour se dire : « Tiens, une SDF ! » Et quand bien même. Elle se fichait qu'on la prenne pour une sans-abri. À l'instant présent, alors qu'elle s'apprêtait à rejoindre le nid familial pour quinze jours de vacances, elle se fichait de tout, en fait. De tout sauf de Mattéo.

Si elle avait pu parler, un juron aurait sans doute franchi ses lèvres. Elle se serait traitée d'imbécile, pire encore. Mattéo. Sa gueule d'ange un peu bancale, et son sourire à faire craquer une allumette. Mattéo trop haut, trop beau pour elle. Arrête de rêver ! Pourquoi il tomberait amoureux d'une handicapée dans ton genre ? Si encore tu t'exprimais ? Mais non. Pas capable d'aligner deux syllabes. Pauvre fille...

– Je croyais que t'étais déjà partie !

Entre bonnet, masque et col roulé, on ne voyait de Lola que les yeux et les sourcils froncés. Mattéo se tenait face à elle, en chair et en os, bien réel d'après le nuage de condensation qui sortait de sa bouche. Masque baissé. Sourire à mille balles. Dentition parfaite.

Mattéo ouvrit son sac militaire recouvert de noms de groupes de rock. Il en sortit un petit paquet plat et le tendit à Lola. Du papier cadeau – sapins et bonshommes de neige – le recouvrait.

– C'est pour toi. Tu le mettras au pied du sapin ?

Le froid. La surprise. Le bouleversement que ce cadeau représentait... Le cerveau de Lola était englué. D'une merveille de connexions neuronales se comptant par milliards, il s'était transformé en masse gélatineuse incapable de comprendre quoi que ce soit.

– Cadeau... Noël... télégraphia Mattéo.

Le paquet disparut sous l'oreiller qui fut prestement renvoyé à son sac. Lola se leva et se tint droite face à Mattéo. Elle faisait une tête de moins que lui. Vingt centimètres séparaient leurs visages. Chargés d'électricité statique.

Si Marc n'était pas arrivé à ce moment, ils se seraient probablement embrassés. Et elle aurait enfin eu une réponse à la question qu'elle se posait depuis des mois : sa bouche est-elle sucrée, salée ? Quel goût a-t-il ? Quelle saveur aura notre premier baiser ?

– LOLA !!!!

Tic et Tac avaient sauté de la voiture avant qu'elle soit complètement à l'arrêt. Marc, effaré, bondit à son tour, les enguirlanda, prit sa fille dans ses bras. Mattéo s'était écarté de deux bons mètres et faisait celui qui attend qu'on vienne le chercher au milieu de nulle part, un vendredi de fin décembre, la nuit étant sur le point de tomber.

Les affaires furent jetées dans le coffre, Lola poussée à la place du mort, Tic et Tac sanglés dans leurs sièges à l'arrière. Marc s'intéressa enfin au garçon qui attendait toujours sous l'abribus.

– Un copain à toi ? demanda-t-il à Lola.

Signe de tête affirmatif. Il baissa sa vitre.

– Vous voulez qu'on vous dépose quelque part ?

– Non merci, monsieur. Mes parents arrivent dans pas longtemps !

Marc jeta un coup d'œil à sa fille assise à côté de lui, au garçon... Il soupira avant de démarrer. Lola regarda Mattéo rapetisser dans le rétroviseur. Son soupir à elle fut intérieur.

PÉTRISSEZ ENSEMBLE LA FARINE ET LES ŒUFS

Lola Fury. Lola Ninja. Lola à ne pas prendre avec des pincettes. Marc, Nathalie et les deux monstres héritèrent d'une aînée bouillonnante. Même si, jusqu'au matin du 25 décembre, pour la Grande Opération Ouverture de Cadeaux, elle ne fut pas à proprement parler agressive.

La plupart du temps, elle resta enfermée dans sa chambre. Quand elle en sortait, elle était aussi susceptible que Taz, le diable de Tasmanie dans le dessin animé, ou simplement inquiétante lorsqu'elle observait les autres, la mèche sur un œil, taiseuse, bien sûr.

Elle fit du bruit pourtant. Beaucoup de bruit. En bricolant sa 125 dans le garage. En poussant au maximum de leurs capacités les robots de cuisine de la maisonnée. En écoutant de la K-Pop à fond. En claquant des portes. Même Tic et Tac, en temps normal leaders question occupation sonore de l'espace commun, déclarèrent forfait et se firent remarquablement discrets. C'était toujours ça de gagné pour Marc et Nat qui se demandaient ce qui n'allait pas chez leur fille.

Pour Nathalie, cette attitude n'était qu'un énième soubresaut de l'Amour. Lola avait le cœur en fusion. Elle dansait sur un tapis de braises, façon chaman porté par la Flamme. Son esprit, son cœur était avec quelqu'un ou quelqu'une d'autre. Il fallait l'accepter. Attendre que cela passe.

– On a peut-être fait une erreur en lui donnant ce prénom, se demanda Marc un soir de remise en question, en plein couvre-feu.

La maison, la rue, le monde étaient calmes. Trop calmes.

– Arrête de dire des bêtises.

Lola se prénommait Lola à cause de la chanson des Kinks, groupe culte du rock'n'roll, chanson dans laquelle il est question de liberté absolue. Marc et Nat s'étaient un peu assagis avec l'âge. Mais ils continuaient à détester la bien-pensance. Si Lola développait un côté révolté, c'était plutôt une bonne nouvelle, non ?

– Et les petits, tu penses qu'on a eu raison de les appeler comme ça ? renchérit Nathalie.

Bruce pour l'avant-dernier, hommage à Springsteen, et Jack pour le cadet. Enfin, Jacques auprès de l'état-civil français, mais l'intéressé avait opté pour la forme américanisée de son prénom. Lui, il écouterait du Dutronc quand il serait grand. Que ça lui plaise ou non.

– On aurait dû choisir d'autres prénoms.

– Isidore ?

– Théodule.

– Maxence...

L'énumération continua longtemps et s'acheva sur un atelier de fabrication de bébés. Option méthode contraceptive. Car trois enfants, c'est plus que suffisant.

Noël arriva. Lola ayant raté tout ce qu'elle entreprenait côté cuisine – au grand dam de Marc qui se demandait si l'école hôtelière était une bonne voie pour leur fille, et Nat de lui répondre : « L'amour fait tourner les cœurs et les sauces » –, la famille Mons s'était rabattue sur une raclette. Le Brézain fumé, la charcuterie et l'abus de vin de Savoie envoyèrent les grands au lit avant minuit. Les petits s'endormirent devant la télé. Lola mit plus de temps à trouver le sommeil.

Elle avait conservé le cadeau de Mattéo dans sa chambre. Mattéo à qui elle n'osait écrire et qui ne lui écrivait pas. Silence tacite. Ce serait à elle de lui envoyer un message, le lendemain, après avoir déchiré l'emballage encore intact. Lola avait tenu bon, sans rien déchiqueter. Même pas un petit bout pour voir ce qu'il y avait dessous. Dans ces moments-là, la vision à rayons X peut s'avérer utile.

Georges lui avait envoyé un texto gentil. Lola avait été touchée. Georges était une crème, un nounours dans les bras duquel il était sûrement délicieux de se blottir. Mais non. Son cœur était déjà pris. Désolé, Georges.

Vingt-cinq décembre. Petit matin. Bruce (Tic) et Jack (Tac) bondissent de leurs lits superposés, reprennent la direction des opérations question vacarme et monopole de l'attention. Les parents se lèvent, contraints mais heureux. Ils sont athées. Malgré tout, cette fête religieuse, comme Pâques avec la recherche des œufs disséminés dans la maison, est l'occasion de franches rigolades.

Lola rejoint le train familial avec un wagon de retard. Chacun ouvre ses paquets. Oh ! Ah ! Peu de cadeaux. Pas de démesure. Des attentions ciblées. Et on évite le plastique, décroissance oblige. Lola pose le cadeau de Mattéo au pied du sapin, l'ouvre en dernier. Marc et Nat la regardent faire tels deux fauves observant leur progéniture chassant pour la première fois.

– C'est quoi ? intervient Bruce. Pourquoi c'était pas sous le sapin ?

– Je veux l'ouvrir ! Je veux l'ouvrir ! Je veux l'ouvrir ! répète Jack, histoire que ça rentre bien dans le crâne de chacun.

Lola pointe les doigts en forme de pistolet vers son petit frère. T'y touches, t'es mort. Les yeux confirment la sentence. Jack se réfugie derrière sa mère et sanglote :

– Elle veut me tu-er-er-er !

– Meuh non, le rassure Nat. Remarque, des fois, je la comprends.

– Tu m'aimes pa-a-as !

– Meuh si.

– Ouvre-le avant que ce salon se transforme en scène de crime, conseille Marc.

Lola aurait dû le laisser dans sa chambre. Qu'est-ce qui lui a pris de le mettre sous le sapin familial ? C'est trop tard maintenant. Elle arrache l'emballage qui cachait une boîte en bois. Dans la boîte, un couteau.

– Un Opinel ! constate Marc. De la bonne qualité française !

Elle ouvre la lame, la referme, serre le couteau dans son poing, plonge dans un abîme de réflexion, range le couteau dans sa boîte et la pose sur la table... Autour d'elle, sa tribu s'amuse. Et d'autres tribus autour de sa tribu. Et Santa Claus surfe sur les jet-streams pour jeter ses cadeaux dans les cheminées du monde entier. Lola s'en fout.

Les questions tournent en boucle dans sa tête comme les runes elfiques autour de l'anneau. Faut-il voir un message dans ce cadeau ? Mattéo essaye-t-il de me dire quelque chose ? Aurait-il des sentiments pour moi ? Et si ? Et si ? Et si ?

– Pose ça ! hurla Marc.

Arrêt sur image. Les têtes se tournèrent vers Tic qui tenait fermement la main de Tac, doigts écartés à plat sur la table, et le couteau, lame ouverte, pointe vers le bas. Ils avaient dû voir une vidéo sur Internet, montrant un inconscient jouant au *Knife Game*.

Nat attrapa le couteau et le rendit à Lola avec cet ordre : « Cache-le ! » Tic savait ce qui l'attendait. Il s'enfuit vers les hauteurs. Marc le poursuivit. Tac, comprenant à quoi il venait d'échapper, fondit en larmes.

Lola monta dans sa chambre, trouva une bonne cachette pour l'Opinel, hésita à envoyer un mot de remerciement à Mattéo.

– Je voulais pas le tuer ! hurlait Tic rattrapé par son père.

– Il voulait me tuer ! contredisait Tac depuis le rez-de-chaussée.

« Joyeux Noël… » songea Lola avant de redescendre.

Les Mons n'apparurent pas dans la rubrique faits divers. Un, deux, trois jours de calme relatif passèrent. Lola ne se manifestait pas auprès de Mattéo. Elle la jouait silence radio parce qu'elle avait peur. Qu'il l'aime. D'être aimée. D'être à côté de la plaque. De se ridiculiser. Un simple merci textoté pouvait ruiner son existence. Comment savoir ce que pense ou ressent l'autre ?

Le message de Mattéo tomba le 28. « *Tu as aimé mon cadeau ?* » Lola regardait une série dans sa chambre. Elle n'avait d'autre choix que de lui répondre. Elle se sentit bizarrement apaisée, alors qu'elle redoutait ce moment.

« *Oui.* »

« *Super !* » répondit à son tour Mattéo, qui en espérait certainement un peu plus.

Lola fixait l'écran de son téléphone. Elle ne savait pas quoi ajouter. Le « *Super* » sonnait faux. Et le point d'exclamation était de trop.

« *On se voit à la rentrée, alors !* » lança le pauvre Mattéo depuis son Périgueux natal.

« *Oui* », confirma Lola.

Elle faillit ajouter, ce qui ne lui ressemblait pas mais montrait bien que son cœur battait quand même pour quelqu'un, une émoticône amoureuse : un smiley entouré d'une couronne de cœurs rouges. Elle renonça. Pas par absence de sentiments. Pas par peur cette fois. Lola était juste quelqu'un de discret et de pondéré. En retrait. Nul besoin de s'emballer. Prenons notre temps, Mattéo. Et tout se passera bien.

Restait la question : pourquoi offre-t-on un couteau à quelqu'un ? Ce fut son père qui éclaira sa lanterne sans qu'elle le lui demande, comme s'il lisait en elle comme dans un livre ouvert. Ils coupaient des légumes sur le plan de travail – carottes, oignons, patates –, Marc avec un vieux Laguiole, Lola avec son Opinel. Lola reniflait à cause des oignons. Marc était insensible à la réaction chimique vicieuse inventée par Dame Nature. Soit : un oignon émincé vaporise un gaz qui, lorsqu'il entre en contact avec le liquide qui protège notre cornée des poussières, se transforme en acide sulfurique. Lola reniflait et pleurait. Lui, stoïque, épluchait sa carotte.

– Ce couteau, c'est quelqu'un de la brigade qui te l'a offert ?

Les pieds dans le plat. Direct. Sans prendre de gants. Du Marc Mons tout craché. Et pertinent avec ça. « Je hais mon père », songea Lola en reniflant bruyamment. Il prit le reniflement pour un oui.

– Tu sais pourquoi on offre un couteau ?

Son propre père en avait offert un à Marc pour ses quatorze ans. Et le père de son père à son père. *Et cætera* jusqu'aux débuts de la coutellerie à l'âge du bronze. Histoire de respecter le vieil adage : où que tu ailles, fils, tu iras... avec ta bite et ton couteau. Perpétuerait-il la tradition avec Tic et Tac ? Vu leur dernier exploit, pas sûr. Quoique... Ils pourraient éventuellement monter un cirque, avec un numéro de lancer de sabres, bien longs et affûtés ?

Lola laissa son oignon tranquille et posa des yeux larmoyants sur son père qui se pencha vers elle, les coudes plantés dans les épluchures de carottes.

– On offre un couteau pour déclarer son amour.

Lola s'en doutait. Mais l'entendre dire changeait tout. Marc apprécia l'effet que cette phrase avait eu sur sa fille chérie adorée et il ajouta en lui-même : « Qui que tu sois, si tu lui fais du mal, je te broie les noix. »

– Mais il y a une condition pour que cet amour se réalise.

Il prit une autre carotte, l'éplucha, la coupa en rondelles, fit glisser lesdites rondelles dans le fait-tout. Lola ne bougeait pas. Elle se mit à gronder comme un taureau d'Aubrac quand il voit quelqu'un s'approcher de son assiette. Si jamais vous vous retrouvez dans cette situation, courez.

– Tu dois donner une pièce de monnaie à la personne qui t'a fait ce cadeau. Un couteau ne se donne pas. Il s'achète. Sinon, le lien d'amour est rompu.

Fier de lui, Marc attrapa un vrai grand couteau de cuisine et trancha un navet en deux, d'un coup sec. À trois centimètres près, il y laissait une phalange. Lola s'en rendit compte, se dit qu'on venait d'éviter le pire : sang, cris, urgences pour son père, pas pour Tac finalement, bout de doigt dans le pot-au-feu.

– Bref, il faudra que tu lui donnes une pièce, dès que tu le verras.

Marc regarda le couteau, son doigt, comprit que ce n'était pas passé loin, pâlit.

– Le ou la, d'ailleurs.

Avec Nat, ils faisaient attention à ne pas genrer, à ne pas ranger l'amour dans des cases filles/garçons. La nouvelle génération était, à certains égards, plus ouverte que la leur. Et aussi plus fermée. Les extrémistes y faisaient des ravages... En tout cas, ils aimeraient autant l'amie que l'ami de leur fille. Même si Marc était moins à l'aise que Nat avec l'option numéro un. Mais il était prêt à faire des concessions.

– Tu vois ce que je veux dire ? continua-t-il, pédalant dans la semoule.

Lola posa une main sur l'avant-bras de son géniteur, lui assurant silencieusement : « J'ai compris, papa. Lâche l'affaire. Ne t'inquiète pas. Je t'aime. »

Le pot-au-feu fut délicieux et les jours qui suivirent itou. La famille Mons vécut une sorte de période apaisée, impensable quelques jours plus tôt. Les petits reprirent et finirent même leur puzzle de la tour Eiffel ! Miracle !

Les Mons fêtèrent la fin de cette année pourrie pour beaucoup. Marc qui bossait dans l'aéronautique frappée de plein fouet par vous-savez-quoi avait échappé à la première vague de licenciements. Il serrait quand même les fesses. Fuck la morosité ! On déboucha le champagne et on trinqua.

En allant se coucher, un peu pompette, Lola trouva une pièce de monnaie coincée entre les lames du plancher de sa chambre : un *cent* à l'effigie de la reine d'Angleterre, relique du voyage d'il y a deux ans, quand ses parents l'avaient emmenée à Londres.

Une pièce de monnaie trouvée par hasard est un Lucky Penny, un gage de chance. Lucky Penny contre Opinel, un bon augure en cette veille de rentrée. Lola préparait ses affaires. Demain : retour dans le Périgord !

Elle n'était pas superstitieuse. Mais elle décida d'y croire.

RINCEZ À L'EAU FROIDE

Certaines histoires d'amour sont saisies à vif, vite consommées, et peuvent laisser un goût amer. D'autres ressemblent à ces plats en sauce qui mijotent doucement et sont encore meilleurs réchauffés. D'autres histoires enfin nécessitent une sorte de valse entre le chaud et le froid. Comme le cassoulet de sept jours. On met au four. On laisse reposer. On ajoute un ingrédient. On met au four. On laisse reposer. On ajoute un ingrédient. Jusqu'à la touche finale et le fameux « À table ! ».

La pré-histoire entre Lola et Mattéo ressemblait à la genèse de ce cassoulet. Un coup de chaud par-ci, un refroidissement par-là. Fallait pas être pressé pour les voir conclure.

Le lundi de la rentrée, à peine ses affaires balancées dans sa chambre d'internat, Lola descendit au foyer du lycée. Mattéo était appuyé au baby-foot, nonchalant. Les joues de Lola s'empourprèrent. Elle marcha vers lui… et sentit l'ambiance refroidir, atteindre le zéro absolu. À tel point qu'elle s'arrêta. Mattéo sortit son téléphone, tapa sur son clavier, passa à côté d'elle et sortit du foyer. Sans un mot ni un regard.

Lola s'interrogea. Il lui avait fait un cadeau. Certes, elle était restée sobre, question remerciements. Il ne faisait quand même pas mine de l'ignorer à cause de ça ? Ou alors il avait rencontré quelqu'un d'autre. Ou alors elle s'était fourré le doigt dans l'œil.

En réalité, Mattéo était malade, pas du Covid, mais d'un mal plus pernicieux inventé par notre époque dérangée. Ce mal conditionnait ses moindres faits et gestes et, pire que tout, ses pensées : le syndrome d'instantanéité.

Lorsque le volcan Krakatoa explosa en 1883 sur son île indonésienne, il causa des dizaines de milliers de morts, des tsunamis et des aurores boréales qui furent visibles jusqu'à Paris. Les Parisiens apprirent avec des semaines de retard pourquoi le ciel leur offrait ce spectacle normalement réservé à Thulé. Des semaines…

Aujourd'hui, un volcan explose à l'autre bout du monde et on le sait dans l'heure. Le clic de souris a remplacé le claquement de doigts. C'est magique. Il doit en être de même avec les relations humaines. Mes amis vont réagir à ce que je mange, vois, fais grâce aux réseaux sociaux. Si quelqu'un pense à moi, si je pense à quelqu'un, cela doit être écrit, tout de suite, avec force émoticônes, licornes galopant sur leurs arcs-en-ciel ou GIF débiles.

Lola était restée discrète entre Noël et le jour de la rentrée. Cela ne voulait pas dire qu'elle ne pensait pas à Mattéo. En fait, elle pensait à lui tout le temps. Mais il avait besoin d'une confirmation, de mots, d'images, de déclarations écrites à défaut d'être dites. Il voulait qu'on le rassure. Le silence détone dans le vacarme et la cacophonie ambiants. Lola le personnifiait, ce silence. Elle qui ne parlait pas. Elle qui ne *lui* parlait pas. Donc, elle ne l'aimait pas.

Lola sentit cela sans mettre de mots dessus. Mais elle avait confiance. Si quelque chose devait arriver entre eux deux, et si cela exigeait du temps, pas de souci. Elle n'avait pas peur, elle. En tout cas, le Lucky Penny resterait au fond de sa poche, le temps que leur destin bascule.

Revenons à la brigade. Les six ont froid. Ils se tiennent avec Galina Ketling à l'entrée d'un enclos hérissé d'avertissements : « Propriété privée » ; « Chien méchant et affamé » ; « Site sous vidéosurveillance ». Pourtant, jusqu'à la lisière de la forêt, on ne voit que chênes et noisetiers. Celui qui les a initiés à la tuerie du cochon, le saigneur, est là. Il a troqué ses couteaux contre un bâton. Placé derrière le Bosco, il attend. Il fait froid mais le soleil brille. Un vrai soleil d'hiver qui donne à l'atmosphère une limpidité de cristal.

Ketling sort une espèce de patate carbonisée d'un sac en tissu, la hume, la passe à Louise, à sa gauche, qui fait tourner.

– Nous sommes dans le pays du diamant noir. En voici un. Je ne vous apprends rien en vous disant qu'une truffe peut se vendre mille euros le kilo pendant les fêtes, qu'il y en a des bonnes et des mauvaises, et que c'est un produit aphrodisiaque. Medhi, arrête de renifler et passe à ta voisine.

Medhi passe la truffe à Lola qui la passe à Louna.

– Ici, on cuisine à la truffe. On la fait mariner dans l'armagnac, on l'utilise en jus pour déglacer, on la mêle à un œuf... C'est délicieux au petit déjeuner. N'est-ce pas, Paco ?

Donc, pas Javier mais Paco, qui acquiesce. Paco saigne le cochon et chasse la truffe. Paco sait tout faire. Paco est le Chuck Norris du Périgord.

– Encore faut-il la trouver. Il y a trois techniques.

Georges lève la main :

– Le chien ?

Un autre propose le cochon. On sèche sur la troisième option.

– Vous n'avez jamais entendu parler de la *Suillia gigantea* ? s'étonne le Bosco.

Les ados réagissent autant que des saucissons pendus à leurs crochets.

– La mouche jaune, tudieu !

Auditoire en état de mort cérébrale. Le Bosco se tourne vers Paco, lui murmure quelque chose avec le mot « ignares » dedans, reprend :

– Mi-janvier, cette petite mouche jaune orangé pond ses œufs au-dessus d'une truffe, dans une truffière comme ici. Le jeu va consister à vous équiper d'une branche...

Toujours aucune réaction. Le Bosco frappe dans ses mains.

– Allez, les mollusques ! Cherchez !

Les ados s'égayent, chacun de revenir avec son morceau de bois mort et de l'exhiber tel un sorcier en première année à Poudlard.

– Vous allez vous disperser dans la truffière. Pas de cluster ! Chacun dans son coin ! Dès que vous voyez une mouche s'envoler, marquez l'endroit avec votre bâton. La truffe se trouvera peut-être entre un et quinze centimètres dessous. Creusez, mettez-vous à quatre pattes, reniflez.

– Et après, on fait quoi ? demande Medhi.

– Tu m'amènes ta truffe. On la cuisinera cet après-midi.

Le Bosco tape encore une fois dans ses mains.

– Action !

La truffière appartenait à Paco. Il se mit à chercher, lui aussi. Ketling resta à l'entrée de l'enclos, fumant une cigarette roulée à la main, pendant que les secondes quadrillaient le terrain à la recherche de la mouche-cochon-chien, tombaient en arrêt, se jetaient par terre et sentaient l'humus. La plupart se relevaient et partaient dans un autre coin. Louna fut la première à dénicher un diamant noir, hurlant, hystérique :

– J'en ai une ! J'en ai une ! J'en ai une !

Elle l'apporta au Bosco qui jugea :

– Une vingtaine de grammes. Pas mal.

Avant de la fourrer dans le sac en tissu.

– Je peux y retourner, cheffe ? implora Louna, retombée en enfance.

– Une truffe par personne, trancha le Bosco. Pour toi, c'est terminé.

Ketling siffla les arrêts de jeu une demi-heure plus tard. La plupart étaient bredouilles. Dont Lola et Mattéo qui s'évitaient ostensiblement. Cela n'avait pas échappé au Bosco. On aurait dit deux aimants qui s'opposent. Paco avait trouvé trois truffes. Il les donna à son amie en se fendant d'un sourire qui n'avait rien d'équivoque.

– Merci, mon chou, fit-elle.

Elle tendit à Paco ce qui ressemblait à un joint. Paco tira dessus et le rendit.

La température monta d'un cran, surtout chez les garçons qui sont obsédés par la « chose ». Surtout chez Medhi. Il osa, prenant son accent de banlieue à problèmes qu'il n'avait jamais entendu qu'à la télévision, quand ça pète contre les forces de l'ordre :

– Vous êtes ensemble, m'dame ?!

Paco foudroya l'insolent du regard. Ketling se contenta d'écraser son mégot sur un caillou. Ça sentait l'herbe mais ce n'en était pas. Elle n'aurait pas osé fumer de la drogue en présence de ses élèves !

– Je te demande si tu as quelqu'un ? renvoya-t-elle à Medhi.

Il roula des épaules, caïd.

– Non ! Mais vous pourriez.

Georges se cacha le visage dans les mains. Louise leva les yeux au ciel. Les autres attendaient de voir jusqu'à quelle profondeur l'inconscient s'enfoncerait. Medhi pouvait aller loin... mais il avait senti le danger. Il abandonna le sujet, trop dangereux en présence du saigneur, attaqua l'autre, gardant son accent pseudo-racaille.

– Vous fumez, m'dame. C'est quoi ? De la ganja ?

Galina Ketling s'approcha de Medhi et plissa les paupières, telle une scientifique qui vient de découvrir une nouvelle espèce de mouche à truffes particulièrement intéressante. Elle colla le mégot sous le nez de Medhi, l'effrita entre deux doigts.

– Oui. Et c'est puissant. Tu veux savoir ce que c'est ?

– Ben... ouais !

– Passiflore, figue, miel, bardane. Pas de nicotine. Pas de THC. Pas d'accoutumance. Aucun poison sinon l'accélérateur de combustion présent dans le papier. Complètement légal. Déçu ?

Ketling pencha la tête de côté. La pomme d'Adam de Medhi fit trois allers-retours express entre le premier et le dernier étage.

– Maintenant on dit merci à Paco et on rentre au lycée, continua-t-elle, sans lâcher sa proie des yeux.

– Merci Paco ! s'exclama le chœur des secondes.

Medhi avait la bouche trop sèche pour participer.

Ketling libéra Medhi qui expira bruyamment. Un surfeur qui vient d'échapper à un grand requin blanc n'aurait pas été plus soulagé. La bande descendit vers le van qui attendait en contrebas. Georges prit son pote par l'épaule et lui glissa à l'oreille :

– T'es vraiment con, tu sais ?

Medhi acquiesça. Oui. Il savait.

RÉGLEZ LE MINUTEUR

L'expert en risques professionnels et accidents du travail était jeune, confiant en la vie et pompier volontaire, comme il l'avait annoncé joyeusement à la brigade au début de cette session de sensibilisation. Il dégageait une bonne humeur incompatible avec le sujet dont il était spécialiste : les mille et une façons de se blesser voire de mourir en cuisines. Il avait annoncé d'emblée : « Moi, c'est Samuel, et on peut se tutoyer. » Les secondes, soudés, s'appliquaient à le vouvoyer depuis le début de la séance.

– Nous avons parlé des chutes de plain-pied, des chutes d'objets stockés en hauteur et des coupures, récapitula-t-il.

Certains 2ProC1 prenaient des notes, même si ce n'était pas obligatoire. Samuel avait branché son ordi au vidéoprojecteur. Un PowerPoint accompagnait son propos. Dix heures quarante-huit... Tenir jusqu'à midi... La matinée la plus longue de l'année...

– Qui me rappelle les conséquences des chutes de plain-pied ?

Le bide. Samuel désigna Georges qui récita sur un ton monocorde :

– Entorses-plaies-fractures.

– Bien ! Chutes d'objets ? Toi !

C'était tombé sur Louise qui se redressa comme si on venait de lui administrer un électrochoc.

– Quoi ?

– Une cocotte tombe d'un rack. Tu es dessous. Quelles sont les conséquences ?

Samuel attendait, tout sourire. À croire que c'était une bonne nouvelle de se prendre des ustensiles de cuisine en fonte sur le coin de la tronche.

– Je m'écarte, répondit Louise.

– Tu n'as pas le temps.

Louise regarda ses camarades, puis l'intervenant.

– Je m'écarte, confirma-t-elle avec sa tête de tueur à gages junior.

– Tu t'écartes, convint Samuel. Bravo. Beau réflexe. On passe aux coupures ! Toi !

– Moi ? réagit Louna.

– Imagine une situation.

Louna mâchonna le bout de son stylo.

– Medhi me parle mal, je le chope, je lui mets la main dans le hachoir.

– Excuses ! réagit l'interpellé.

– J'actionne le hachoir, continua Louna, implacable.

Medhi rentra la tête dans les épaules. Louise et Mattéo gloussèrent. Georges et Lola compatirent en silence pour l'intervenant. En fait, la matinée était longue pour lui, pas pour eux.

– Amusant, convint-il avec une expression douloureuse. Hum. On continue.

Il lança un nouveau diaporama. Apparemment, il allait aborder les chapitres brûlures, produits chimiques et risques biologiques.

Lola, assise au fond de la salle de classe, dans la pénombre et près du radiateur, la planque idéale, griffonnait cœurs brisés, pendus et têtes de mort sur son cahier. Elle écoutait les propos de l'intervenant d'une oreille tout en réfléchissant aux accidents qui avaient décidé de son existence.

Comment ses parents s'étaient-ils rencontrés ? Suite à un accident justement, en se rentrant dedans, littéralement. En pleine campagne, Marc avait grillé une priorité au volant de sa 205. Il admirait un vol d'oies migratoires dessinant un V parfait dans le ciel azuréen. Nathalie, au volant de la Dodoche de ses parents, l'évita de justesse avant de plonger dans la rivière, peu profonde à cet endroit. Marc plongea à son tour et tira la conductrice de cette fâcheuse posture. Leur premier regard scella leurs destins et ceux de leurs trois enfants, eux aussi des accidents, se plaisait à ironiser Marc, Nathalie lui balançant un bon coup de coude dans les côtes pour le forcer à rétablir la vérité.

– Vous pouvez vous brûler par vapeur, par projection ou par contact, énumérait le pompier volontaire en faisant défiler son PowerPoint de l'horreur.

Lola prolongea ses réflexions, s'envolant vers des sphères supraluminiques. La naissance de la Vie ? Accident. La naissance de l'Univers ? Accident. Elle revint à des exemples plus terre à terre. La naissance de la tarte Tatin ? Accident. Si une des sœurs Tatin n'avait pas oublié la pâte avant de mettre les pommes au four, le dessert n'existerait sans doute pas. Pareil pour les cornflakes, les cookies et les nachos. Accident. Accident. Accident.

– Concernant les fumées générées par la carbonisation des graisses animales, sachez qu'elles contiennent du benzopyrène classé cancérogène.

– Génial, commenta Medhi.

Louise leva le doigt.

– Oui ?

– Vous pouvez nous l'épeler, monsieur, s'il vous plaît ?

Lola nota le terme sans réfléchir et soupira. Elle aurait aimé que son bunker de silence la protège contre les accidents, comme les sentiments qu'elle ressentait pour celui qui était assis au premier rang. Mattéo. Mate ého ! Cette nuque... elle avait tellement envie de l'embrasser... et de la claquer. Sans doute comme Nathalie avait eu envie d'embrasser Marc... et de lui coller une soufflante après qu'il l'avait envoyée à la baille.

Si seulement on pouvait gérer ses sentiments comme l'agar-agar, au milligramme près... « Agar-agar-à gare à toi », fredonna-t-elle mentalement sur l'air de *Carmen*, s'abandonnant à la contemplation de celui qui avait osé lui sortir deux semaines plus tôt :

« J'aimerais qu'on reste dans la friendzone, qu'on soit amis, juste amis. D'accord ? »

Pas d'accord, non. Elle en pinçait pour lui. Il en pinçait pour elle. Il avait voulu aller trop vite. Elle demandait juste un peu de temps. Problème de rythme, de synchronicité. Ou alors, c'est lui qui a peur ? songea tout à coup Lola, oubliant sa propre panique. Mais oui ! Tout s'explique ! J'avance d'un pas et je recule de deux ? Arrêtons de tourner autour du pot et de nous renifler le cul, mon petit ami. Si tu n'as pas les couilles pour y aller, je les aurai pour deux !

– Et maintenant, les risques biologiques !

L'expert se lança dans une litanie d'effets secondaires dus à la manipulation des denrées alimentaires, tels que dermites, mycoses et autres infections cutanées provoquées par contact avec déchets, viscères ou eaux de nettoyage.

Louna leva la main à nouveau.

– Oui ?

– Je peux aller aux toilettes, monsieur ?

– C'est pressé ?

– Sinon, je peux rester. Mais je vous emprunterais bien la poubelle.

– Pourquoi ?

– Je vais vomir.

La brigade s'esclaffa à l'unisson.

Galina Ketling et la CPE se tenaient debout face au proviseur, dans son bureau. Le Bosco venait de leur annoncer la nouvelle. Même s'ils s'étaient inscrits à l'appel à candidature en septembre sur une idée de madame Guillemot, même s'ils avaient, par la suite, envoyé les éléments demandés concernant la 2ProC1 – menus composés par la brigade, ambiance, personnalités –, aucun des trois ne s'y attendait. Ils n'en revenaient pas.

– Vous en pensez quoi ? On fonce ?

La CPE, d'un caractère plutôt timoré, dansait d'un pied sur l'autre. Postuler, pourquoi pas ? Y aller, fallait voir. Ketling, elle, était proactive.

– Et comment ! Ce sera une expérience formidable.

– Et un sacré coup de projecteur pour notre lycée, rêva le proviseur. Madame Guillemot ?

Elle acquiesça mollement.

– Ils veulent une fille et un garçon pour respecter la parité... Qui pour nous représenter ?

La question était adressée au Bosco.

– Lola fait la course en tête. Elle a un vrai talent...

– Et un petit problème de communication, rappela la CPE du bout des lèvres.

– Qui pourrait s'avérer être un atout, rétorqua le Bosco, renvoyant la peureuse dans les cordes. Elle ne parlera pas pour ne rien dire. À une heure de grande écoute, ceux qui pensent encore apprécieront.

Madame Guillemot rougit, piquée. Ketling continua :

– Sinon, ce sera Louna. Elle n'est pas loin derrière côté notes.

– Louna... rumina le chef d'établissement. Elle mettra la pagaille. Non. Lola. Lola nous représenterait bien mieux.

Il se pinça un lobe d'oreille, un tic chez lui. Il n'en revenait vraiment pas.

– Côté garçons ?

– Ça se jouera entre Medhi et Mattéo.

– Le beau gosse ou la grande gueule ? releva le proviseur.

– Roh ! Monsieur Faramond ! réagit madame Guillemot.

Heureusement que les parents n'étaient pas là pour entendre... Le Bosco sourit en surprenant l'échange de regards entre la CPE et le proviseur. Ils couchent ensemble ou pas ? se demanda-t-elle avant de revenir à leur sujet du moment, plus intéressant.

– Lola et Mattéo seraient épatants. Lola et Medhi, ça peut fonctionner aussi. Il parlera pour deux. Et puis... ces trois-là sont chouettes. Ils inspireront la sympathie. Je n'ai aucune inquiétude.

– Qu'il en soit ainsi.

Monsieur Faramond se leva, lissa son costume toujours froissé, comme s'il dormait avec.

– Ils sont en formation spéciale risques, c'est ça ?

Le Bosco et la CPE acquiescèrent. Le proviseur consulta sa montre – midi moins le quart – et lança à Ketling :

– Tirons-les de ce mauvais pas. Allez les chercher et amenez-les à la cafétéria. Nous serons plus à l'aise pour leur annoncer la nouvelle.

Le formateur avait troqué la théorie contre la pratique. Il avait sorti un mannequin sans bras ni jambes d'un grand sac de sport et l'avait couché sur le lino. Il venait de faire une démonstration de réanimation, parfaite. Si vous êtes victime d'une crise cardiaque, priez pour que Samuel soit dans les parages.

– Ma victime est inconsciente et ne respire plus. Medhi, que fais-tu ?

– J'appelle les secours.

– Numéro ?

– Le 15 ! lança Georges.

Pour le SAMU.

– Le 18 ! proposa Louna.

Pour les pompiers.

– Le 112 ! fit Mattéo.

– Vous avez tous raison, évacua Samuel. Ensuite... Medhi ?

– Je cherche un défibrillateur...

– … automatisé externe. S'il n'y en a pas ?

– Eh beh, je lui appuie sur le bide.

– Tu pratiques trente compressions thoraciques, rappela le pompier volontaire, d'une patience admirable. Et au bout de trente…

– Bouche-à-bouche !

– Mmmmh, commenta Louna.

– On reste sérieux. Donc, Medhi ?

– Oui monsieur ?

– On te regarde.

– Pardon ?

– Trente compressions, deux insufflations. Allez !

– Eh oh ! Si ça se trouve il a le Covid, votre truc !

– Je viens de le désinfecter. Medhi. S'il te plaît.

L'intervenant atteignait ses limites question gestion d'adolescents en lycée professionnel. En fait, il se demandait ce qu'il faisait là. Il aurait été tellement mieux chez lui, ou à pêcher en bord de rivière…

Lola allait se dévouer quand Galina Ketling ouvrit la porte. Le pompier volontaire se mit presque au garde-à-vous. Il aurait tout donné pour simuler une alerte incendie qui envoie tout le monde dehors.

– Désolée de vous déranger, mais les 2ProC1 sont convoqués à la cafétéria. Réunion d'urgence avec le proviseur.

Les six échangèrent des regards inquiets. Le Bosco les attendait à côté de la porte ouverte. Que se passait-il ?

– Ce ne sera pas long, assura-t-elle.

– Prenez tout votre temps... On avait fini !

La brigade ne réagissait pas. Qu'est-ce qui allait leur tomber dessus ?

– Allcz ! ordonna le Bosco, telle une dompteuse donnant l'ordre aux fauves de changer de cage. On bouge !

La cheffe les emmena à la cafétéria où les attendait le proviseur, la CPE à ses côtés. Galina Ketling resta debout. Le Bosco n'y alla pas par quatre chemins.

– Deux d'entre vous, une fille et un garçon, vont être sélectionnés pour participer à un concours entre lycées hôteliers. Il aura lieu au printemps et sera retransmis à la télévision sur une chaîne nationale.

Le Bosco marqua une pause théâtrale.

– *Sur le Gril !* Ça vous dit quelque chose ?

Elle voulait parler de l'émission de télé-réalité qui explosait les compteurs, question Audimat, depuis bientôt cinq ans.

– What the f..., commença Medhi, avant de ravaler le dernier mot.

Le Bosco savoura son effet, et reprit :

– Il s’agira d’une déclinaison. *Sur le Gril ! Spéciale Apprentis.* Pour l’instant, tout est confidentiel. Trois lycées hôteliers ont été choisis, dont le nôtre. Et chez nous, c’est votre brigade qui a retenu l’attention. Félicitations.

Madame Guillemot, bonne pâte, applaudit. Faramond l’imita. Ketling ramena le silence d’une main levée.

– Ça ne va pas être facile. Les autres candidats seront sans pitié.

– On va les écraser ! annonça Georges que personne n’attendait dans le rôle du guerrier.

Applaudissements. Medhi siffla entre ses doigts. C’était un grand jour pour la 2ProC1 du lycée Bonneval !

– Dans un premier temps, vous allez en parler à vos parents, reprit le proviseur. Cette… aventure médiatique aura une incidence sur vos vies. Vos représentants légaux auront le dernier mot. Ensuite, vous allez continuer votre année de seconde, comme si de rien n’était. Les deux participants seront choisis en fonction de leurs résultats dans quelques semaines. Nous prendrons les deux meilleurs.

Lola, Mattéo et Medhi étaient les favoris, et ils le savaient. Georges leva le pouce en direction de Lola qui détourna le regard. Louna fixait le sol, les mâchoires crispées.

Le proviseur se leva, se frotta les mains.

– Je sais que certains d'entre vous verront leurs parents ce week-end pour la fête de la Truffe.

La grande fête annuelle de Sarlat avait failli être annulée à cause de l'épidémie. Tout le monde attendait la troisième vague post-fêtes de fin d'année. La fête de la Truffe avait été maintenue envers et contre tout avec des protocoles sanitaires renforcés, comme il se doit.

Les secondes étaient censés ne serait-ce qu'y pointer le bout de leur nez. Premières et terminales étaient eux sollicités pour participer à certaines activités : démonstrations de cuisine, accueil sur le stand de l'école... La brigade avait prévu de rester, en effet. Des chefs allaient montrer certains tours de main. Chacun voulait en être, apprendre, avancer.

– Si vos parents viennent ce week-end, vous leur en parlez. Sinon, vous les appelez. Mais cela doit rester entre nous, compris ? Rien sur les réseaux sociaux. À la moindre fuite, c'est l'exclusion. Ce n'est pas une menace en l'air.

Medhi réclama la parole.

– C'est lui qui animera l'émission ?

– Oui, révéla Ketling.

– Keredec ? ne put s'empêcher de lancer Louna, groupie.

Yvan Keredec, né à Quimper, grandi au Pays basque, routier de la Grande Cuisine Française – il avait d'ailleurs rencontré Galina Ketling à la Lanterne, dans le parc du château de Versailles, lors d'une rencontre confidentielle entre... Mais je ne peux rien vous dire de plus –, avait un talent télégénique certain. Fils et petit-fils de marins pêcheurs, il excellait dans l'art de mettre en difficulté les candidats qui prétendaient vouloir devenir chefs.

– Keredec, confirma Ketling.

La venue du dernier rappeur à la mode n'aurait pas provoqué un tel ébahissement. Les apprentis étaient soufflés. Pourtant il leur en fallait beaucoup.

Lola, elle, avait les entrailles nouées. Si on la choisissait, elle serait jugée non pas sur ses talents culinaires mais sur son silence.

« Pourquoi j'ai arrêté de parler ? » se demanda-t-elle pour la millième fois.

Elle revint en arrière, à ses dix ans, lors de ces vacances d'été. Le soir, elle tchatchait, épuisant ses parents. Le lendemain matin, elle était muette comme une tombe. Elle ne comprenait pas. Cela lui fichait encore plus la trouille.

Lola chercha le regard de Mattéo. Pour qu'il la rassure.

En vain.

AJOUTEZ LES PELURES DE TRUFFE

Cette fête de la Truffe aurait dû être joyeuse pour Lola, et peut-être l'occasion de coincer Mattéo-La-Fierté. Mais elle vit sa tribu débarquer d'une manière inopinée. Ce n'était pas prévu. Nat et Marc avaient voulu lui faire une surprise. Génial...

Ils avaient tiré Bruce et Jack du lit aux aurores et s'étaient inscrits à tout un tas d'activités. Ils resteraient jusqu'aux enchères dédiées au diamant noir, en fin d'après-midi. Une truffe exceptionnelle serait proposée : un kilo huit cent quatre-vingt-douze grammes et un bouquet incomparable. Le découvreur de la truffe avait décidé de garder l'anonymat. Il aurait pu en retirer au moins dix mille euros. Au lieu de cela, il avait organisé une vente de charité en marge de la foire annuelle. L'argent serait reversé au Secours populaire.

Lola fulminait. Elle fulminait d'autant plus que sa colère n'était pas justifiée. Ses parents auraient pu la prévenir, certes. Ils pensaient lui faire plaisir. Comment leur en vouloir ? Aussi, Lola était en colère contre elle-même, contre sa propre colère et contre le fait qu'elle était incapable de l'exprimer sinon en marchant devant d'un pas sec, épaules rentrées, front baissé, tel un taurillon prêt à charger. En clair, la journée s'annonçait ratée.

Ils croisèrent Georges près d'un food truck spécial foie gras. Il rougit en voyant la famille autour de Lola dont les épaules s'affaissèrent un peu plus. Elle commença à pianoter sur son téléphone. Tic et Tac, interprètes auto-proclamés, s'agrippèrent à ses jambes, chacun d'un côté, et lurent à tour de rôle.

– « *Je vous présente Georges, vous êtes polis, OK ?* »

– « *Il fait partie de ma brigade.* »

– Bonjour, rebondirent Marc et Nat.

Georges bredouilla quelque chose d'incompréhensible. Lola tapa sur son clavier et tourna l'écran vers son camarade. Ce message était à lui seul destiné. Mais Jack fut assez rapide pour l'intercepter. Jack aurait intercepté une buse en piqué avec les dents. Il lut à haute voix :

– « *Je craque ! HELP !* »

Lola voulut donner une taloche à son frère qui se réfugia derrière Bruce qui se réfugia derrière sa mère.

– Je vous laisse, annonça Georges qui, en d'autres circonstances, aurait bien retenté sa chance.

Mais là, c'était perdu d'avance.

Marc fit le geste de fouiller sa poche de veste pour sortir un paquet de cigarettes, mais il avait arrêté de fumer depuis longtemps. Il repéra Tic et Tac en train de jouer aux funambules sur un parapet, renonça à les rappeler à l'ordre. Il regarda la rue piétonne, le long de laquelle les gens déambulaient par petits groupes éloignés les uns des autres, les cuisiniers démontrant leur savoir-faire à distance, les policiers municipaux et les gendarmes veillant à ce que chacun porte bien son masque.

Un carillon sonna midi trente. Les restaurants avaient ouvert leur porte pour les accueillir, les nourrir, les réchauffer, les réconcilier.

Marc aussi était en colère. Lola aurait dû être contente de les voir. Apparemment, elle n'avait qu'une envie : qu'ils la lâchent. Pourquoi elle ne le leur disait pas, clairement ? Pourquoi elle ne parlait plus ?

Nathalie prit la main de Marc et décida :

– Allons déjeuner.

Elle tira tout le monde vers une auberge au hasard. Peu importaient le prix, les spécialités, la qualité. Ils ne passeraient pas une demi-heure à consulter les menus sans se mettre d'accord jusqu'à voir rouge. Nat savait par expérience que les ventres vides attisent la colère et poussent à prendre les mauvaises décisions. En un : manger.

Marc choisit le fameux hamburger périgourdin. Nathalie opta pour une omelette aux truffes et une assiette de jambons de pays. Pour les petits, un basique indémodable : frites ketchup. Quant à Lola, elle jeta son dévolu sur une tourtière. Elle avait entendu parler de ce plat local, tourte dorée composée de morceaux de confits, de salsifis, de sauce blanche... Accompagné d'une salade, c'était délicieux. Les plats riches. Le personnel prévenant. Le feu dans l'âtre. Plus le pécharmant, vin local que Marc et Nat s'enfilèrent gaiement, tout contribuait à montrer qu'on s'aime.

Au moment de l'addition, Lola écrivit sur la nappe en papier : « Pardon ». Nat lui caressa la joue. Les larmes montèrent aux yeux de Marc. Tic et Tac demandèrent :

– Pardon pour quoi ?

Personne ne leur répondit. Marc, Nat et Lola formaient un triangle magique coupé du reste de l'univers. Les deux Minions haussèrent les épaules et n'eurent pas besoin de se consulter pour se mettre d'accord sur le fait que les grands étaient sacrément bizarres, et qu'ils n'étaient pas pressés de le devenir.

L'après-midi se déroula comme dans un manège de fête foraine. Ils croisèrent d'autres éléments de la brigade, dont Louise et Medhi qui tenaient un stand de galettes bretonnes. Lola vit Louna de loin en train de fumer avec Vince, l'étudiant barman. Elle prit soin de les éviter. Sarlat n'est pas aussi étendue que Los Angeles. Ils auraient dû croiser Mattéo. Mais ce ne fut pas le cas. Lola décida d'arrêter de penser à lui. Et, pour une fois, elle y parvint.

Marc voulait assister à l'ouverture du marché de gros. Aussi étaient-ils aux premières loges lorsque les vendeurs de truffes, alignés derrière une série de planches sur tréteaux, devant leur panier recouvert d'un torchon, réagirent au coup de sifflet. Les torchons furent enlevés. Les amateurs se penchèrent. Des offres griffonnées sur des bouts de papier passèrent de main en main. Les torchons recouvrirent les paniers. Les affaires bouclées en moins de trois minutes seraient finalisées à l'arrière des fourgons.

– Efficaces, les péquenots, railla Marc dans sa barbe, en véritable ex-Parisien tête de chien.

Il savait que Nat, authentique campagnarde, lui donnerait une bourrade. Il y eut droit.

– C'est quoi un péquenot ? demanda Jack avec sa voix stridente, assez fort pour que la plupart des locaux alentour entendent.

Plusieurs têtes se tournèrent vers Marc. Les expressions n'étaient pas forcément hostiles. Mais la raillerie affleurait aux commissures des lèvres. Un caviste tendit une lame de truffe posée en équilibre sur la lame d'un couteau à Nathalie qui se retenait de rire. Puis à Lola. Le champignon fondait littéralement sur la langue. Pas bégueule, le producteur tendit une autre hostie noire au Parigot tête de veau. L'eucharistie eut lieu.

– Alors ? voulut savoir le caviste, goguenard.

– Délicieux, répondit Marc qui, dans une église, se serait agenouillé.

Que pouvait-il répondre d'autre ?

Les ventes aux enchères exceptionnelles, qu'il s'agisse d'œuvres d'art, de chevaux de course ou de collections de clés à molette, se déroulent dans une ambiance particulière. La plupart des personnes présentes sont juste là pour sentir, pas pour enchérir. Cette tension existait sans doute déjà lorsque les chasseurs-cueilleurs se sédentarisèrent et inventèrent la vente à la criée.

Revenons à l'ici et maintenant. Nous sommes dans la maison du Présidial, bâtisse du dix-septième siècle reconnaissable à son lanterneau octogonal. Un restaurant l'occupe en temps normal. Fermé pour cause de faillite post-Covid. Les tables ont été poussées. Des carrés ont été tracés sur le plancher à la craie. Les clusters amicaux ou familiaux – pas plus de six personnes – doivent s'y tenir, sinon c'est dehors ! Les Mons occupent un des carrés, serrés les uns contre les autres comme des naufragés sur un radeau sanitaire de fortune.

Le maître de cérémonie, grand chambellan de l'ordre du Diamant noir, est perché sur la troisième marche d'un fantastique escalier en fer forgé. Il exhibe la fameuse truffe présentée dans un panier en osier. Pas d'écrin tapissé de satin mauve. On n'est pas place Vendôme, même si nous avons affaire à un diamant, et un gros. Les connaisseurs ne peuvent se retenir de pousser des « Oh ! » et des « Ah ! ». L'assistance vibre et s'agite.

Tic et Tac, assis par terre, jouent à la DS sans le son. Lola remarque Georges adossé au mur du fond, qui lui fait coucou de la main. Le Bosco et Paco occupent un carré au premier rang. Pas loin, une petite femme en veste blanche. Elle cache ses yeux derrière des lunettes noires. À côté d'elle, une armoire à glace.

Ça ragote ferme un carré derrière les Mons. Des gens du coing, d'après l'acceng. Ils parlent de la Chinoise, une certaine madame Năo. Un nom de gel douche, se moquent-ils. On ne sait pas trop dans quoi elle travaille, mais elle est pleine aux as. Elle est arrivée en novembre, achetant le château du Périssou, cash. Elle a déjà lancé des travaux de rénovation. La conversation dérape. Chinois égale coutumes culinaires plus qu'étranges égale foyer de l'épidémie. Au moins, elle fait travailler les artisans du pays ! tranche quelqu'un. Les commères ferment leurs clapets, car les enchères commencent.

Elles ne seront pas aussi rapides que la vente en gros qui s'est tenue deux heures plus tôt. Mais, en cinq rounds, tout est quand même plié. Trois acquéreurs s'affrontent dès le début, un au téléphone, deux sur place : la Chinoise et, d'après les commères, une ancienne star du rugby dont la brasserie artisanale marche du tonnerre. On a bu plus que de raison pendant les confinements.

L'ancien rugbyman aux oreilles en chou-fleur jette l'éponge à trente-cinq mille euros. Les murmures enflent dans l'assistance. La Chinoise, imperturbable, continue à se battre contre l'acheteur au téléphone. Quarante mille... Quarante-cinq mille... Les spectateurs s'agitent.

Les cous se tendent. L'étrangère serait prête à acheter cette truffe quatre fois son prix ? Cinquante mille euros... ? Une fois. Deux fois. Trois fois. Le marteau du commissaire-priseur tombe sur la rambarde de l'escalier en fer forgé, le faisant résonner comme un gong.

– Adjugée cinquante mille euros à madame ! annonce-t-il, tendant le marteau en direction des étrangers.

Quelques personnes applaudissent. Mais l'ambiance générale est à l'expectative.

– Qu'est-ce qu'elle veut ? se faire bien voir ? maugrée un des râleurs du cru derrière Lola.

La Chinoise sort de son carré. Le molosse l'imite. Ils quittent la salle sans se retourner.

Deux cents personnes papotaient devant l'ancien restaurant transformé en salle de ventes. Chacun avait son avis sur la question. En tout cas, deux camps se dessinaient. Si cette madame Não se présentait à la mairie, pas sûr qu'elle soit élue.

« Où est maman ? » se demanda Lola.

Elle ne l'avait pas vue filer. Ni Tic et Tac, d'ailleurs. Marc avait capté la question avec ses antennes.

– Nat est partie à la chasse aux enfants, l'informa-t-il. Elle les retrouvera.

« Je sais, ils reviennent toujours. »

Marc eut un mouvement de surprise, comme si sa fille chérie venait de parler. Lola se contenta de sourire. Nathalie revint avec les deux drilles, un au bout de chaque bras.

– Ils s'apprêtaient à plonger dans un lavoir ! Au mois de janvier ! Super idée, non ?

Si elle avait pu les accrocher quelque part, si possible en hauteur... Après tout, au Moyen Âge, on pendait bien les couffins aux poutres pour empêcher que les rats dévorent les bébés.

– Y a ton copain là-bas ! hurla Bruce qui échappa au harpon maternel et se précipita vers Georges.

Le petit dernier courut coller lui aussi le nounours de la 2ProC1 et se mit à lui raconter une de ses nombreuses vies parallèles. Jack avait été gâté question imagination.

– On a un chien, tu sais ?

– Ah... fit Georges. Comment il s'appelle ?

– Paf.

– Euh... Paf le chien. C'est pas un nom de jeu vid...

– Tais-toi, ordonna Jack, du haut de ses sept ans. Paf, il est mignon mais il pue de la gueule. Vraiment. Surtout quand il bouffe des sardines. Tu sais ce que je fais, le soir, avant d'aller me coucher ?

Les Mons approchaient.

– Non ?

– Je pique la brosse à dents à mon père et je lui lave les dents.

– Au chien ?

– Ouais. Et je remets la brosse dans le verre à dents de papa.

– Je te jure, il le fait, appuya Bruce.

– Bonjour Georges, lança Marc d'une voix grave de potentiel futur beau-père.

Ce garçon ne ressemblait pas à celui qu'il avait vu à l'abribus en venant chercher sa fille. Après tout, il ne savait toujours pas qui avait offert ce fameux couteau à Lola. Et puis, ce n'était pas ses oignons. Bruce et Jack se glissèrent derrière leur mère.

– Re-bonjour m'sieur. Euh. Hum... Est-ce que je peux vous donner un bon conseil ?

– Je suis toujours preneur.

– Vous devriez changer de brosse à dents.

Marc écarquilla les yeux.

– Pardon ?

– Rapport à Paf.

– Paf ? Qu'est-ce que tu racontes, mon garçon ?

– Votre chien.

– Mais... on n'a pas de chien ?!

Georges lança un coup d'œil aux chenapans. Bruce et Jack étaient déjà sur un autre projet. Ils étudiaient les environs. Un échafaudage. Un amoncellement de pavés... Cette rue était riche en possibilités.

Georges préféra changer de sujet.

– Concernant l'émission, vous en pensez quoi ?

Lui, il avait demandé à ses parents. Ils étaient d'accord pour qu'il y participe. Même si Georges était à peu près sûr de ne pas être sélectionné.

– Quelle émission ? réagit Nathalie.

Lola comptait informer ses parents elle-même. Elle redoutait leur réaction, protectrice. Elle lança un regard noir à Georges.

– Quelle émission ? insista Marc.

Georges ne savait plus où se mettre. Je parle ? Je ne parle pas ? Lola lui signifia d'un mouvement du menton : « Vas-y. Au point où tu en es, balance. »

– Eh bien, notre brigade a été sélectionnée pour participer à une... comment ils appellent ça ? Une déclinaison spéciale apprentis de *Sur le Gril !*

– À... la... télé ? ânonna Marc.

– Ben oui, m'sieur. Pas à la radio ! En fait, on ne sait pas encore qui, dans la brigade, sera retenu. Mais il y aura une fille et un garçon. Tout dépendra de nos résultats. Moi, je n'en serai pas. C'est sûr.

Tous se tournèrent vers Lola, première de sa classe. Leur fille allait donc se retrouver sous les feux de la rampe.

– Tu en penses quoi, toi ? lui demanda Nathalie.

Lola haussa les épaules sans pouvoir cacher son sourire. Elle avait dormi sur l'annonce faite par le Bosco. Damer le pion à ceux qui parlent, montrer son savoir-faire à la France entière la faisait kiffer grave. Elle en était la première étonnée : elle la discrète, l'effacée allait prendre sa revanche.

Nathalie serra Lola dans ses bras, au diapason. Marc était plus réservé. Le monde des plateaux télé et de la célébrité éphémère est dangereux. Leur fille allait être exposée comme jamais.

– Isspasskoi ? Isspasskoi ? pépièrent Tic et Tac.

Ils s'apprêtaient à échapper à la surveillance parentale pour déplacer une tonne de pavés. Mais quelque chose venait de bouleverser le noyau familial auquel ils appartenaient. Nathalie affranchit les deux électrons. Lola à la télé ? Ils bondirent dans tous les sens. Marc se renfrogna un peu plus. Son combat était perdu d'avance. Sa fille lui adressa un regard désolé.

– Vous savez m'sieur, intervint Georges, si Lola nous représente, elle sera super. Elle est...

Arrête-toi là, Georges. Tu viens d'ouvrir ton cœur. Tu as osé. C'est bien. Maintenant, tu te retires doucement. À petits pas. Et tu ne prends pas trop la confiance.

– Enfin, je veux dire… voulut insister Georges.

Marc posa une main sur l'épaule du garçon.

– On a compris, Georges. Merci.

– OK. Salut Lola. À plus tard.

Georges prit congé de la famille Mons, laissant derrière lui une Lola un peu gênée. Marc et Nat échangèrent un regard entendu. Il s'en passait des choses dans la vie de leur fille !

– Tu avais prévu de rester au lycée ce soir, c'est ça ? demanda Nat.

Lola acquiesça.

– Si tu veux, tu peux rentrer avec nous et passer le reste du week-end à la maison ? proposa Marc.

Le téléphone de Lola émit alors un bruit de clochettes. Une seconde, demanda-t-elle de la main. Le message émanait de Louna, qui venait de publier sur la conversation de groupe.

« *Rendez-vous à la maison hantée à 21 heures. On fête la sélection !* »

– On te ramène ou pas ? s'impatienta Marc.

La maison hantée désignait une bicoque abandonnée, dans la forêt, à cinq cents mètres du lycée. Les internes, plutôt des terminales, avaient l'habitude de s'y retrouver pour boire et fumer, Covid ou pas Covid. Lola n'y était jamais allée.

Les réponses tombèrent. Louise : « *OK.* » Medhi : « *OK.* » Georges : « *J'amène quoi ?* » Réponse de Louna : « *Bières.* » Mattéo : « *OK.* » Mattéo : OK ?

– Ma chérie, insista Nat, il faut que tu te décides. On a de la route...

Lola tapa rapidement un message sur le bloc-notes de son téléphone, le montra à ses parents.

– Tu es sûre ?

« *Oui* », répondit-elle avec la dernière énergie.

Marc et Nat soupirèrent. Ils auraient préféré l'emmener avec eux. Leur instinct animal leur soufflait de protéger leur fille, ce soir.

Ils redéposèrent Lola à l'internat, la serrèrent longuement dans leurs bras, nonobstant les appels à distanciation sociale, comme s'ils se quittaient avant un long voyage. Leur fille, elle, n'avait qu'une envie : les voir partir, accélérer le temps, gagner la maison hantée.

Une fois seule, elle consulta les messages. Le qui achète quoi s'était organisé vitesse grand V. Lola confirma sa présence. Tous d'envoyer des cœurs. Même Louna se fendit d'un smiley. Mattéo resta discret. Elle ne lui en voulait pas. Elle était très heureuse qu'il soit là. Et il n'allait pas exhiber ses sentiments devant tout le monde.

Lola posa la question rituelle : « *J'amène… ?* » « *Coca* », lui répondit Louna. Lola carbura de l'encéphale. Comment s'en procurer ? Le lycée était à dix kilomètres du moindre commerce. Les autres avaient eu le temps de faire des courses à Sarlat. Ils rentreraient avec. Quelle idiote ! Elle aurait dû se manifester avant.

Georges l'empathique informa la bande :

« *Je m'occupe du Coke.* »

Lola jeta le téléphone sur son lit et fila sous la douche.

FAITES FLAMBER LA VIANDE

La maison n'a jamais été hantée. Mais sa présence, au centre de cette clairière, à l'écart de toute route, intrigue. Elle ressemble à une gare sans ses rails. Un nostalgique des chemins de fer l'a peut-être fait construirc. Joue-t-il encore avec un train électrique dans une cave dont l'accès n'a pas été découvert ? Ou attend-il le passage d'un train fantôme ? Peut-être la maison est-elle vraiment hantée, finalement ?

Pour y accéder, il faut marcher jusqu'au bout du vallon dont le lycée Bonneval garde l'entrée. Un chemin serpente jusqu'à la fameuse clairière. Georges a proposé à Lola de l'accompagner. Il lui confie trois litres de Coca qu'elle fourre dans son sac à dos. Georges a aussi prévu des paquets de bonbons et de marshmallows. Le sucre, c'est sa faiblesse.

Bonnets. Gants. Trois couches de vêtements. Lampes-torches. Pas de masques...

– Prête ?

Lola a à peine mis le nez dehors... Plutôt, le bout de son nez s'est à peine frigorifié qu'elle sait que rejoindre la brigade à la maison interdite est une mauvaise idée. Si elle écoutait son instinct, elle rebrousserait chemin et se blottirait au fond de son lit. Tiens, Georges. Reprends le Coca. Va t'amuser avec eux. Je passe mon tour. Au moins, tu ne feras pas de plan sur moi, et moi sur Mattéo. Ça pourrait mal finir.

Georges marche devant, écartant délicatement les ronces pour éviter qu'elles n'égratignent Lola. Une fois le coude au bout du vallon franchi, plus besoin de suivre le chemin. Un feu flambe droit devant. On entend des cris. Des silhouettes s'agitent autour d'un véritable brasier de la Saint-Jean. Les flammes montent à deux mètres et font danser les ombres de la maison. Bienvenue au Sabbat de la 2ProC1 !

– Bande de malades, juge Georges.

Lola ouvre la marche, maintenant. Mattéo s'est retourné en la voyant et la regarde approcher. Le pic glacé de la jalousie fouille les entrailles de Georges, vite remplacé par de la tristesse et de la résignation. Il rejoint le groupe, s'assied près du feu, peut-être trop près, éventre un paquet de bonbons, se console.

La première partie de soirée est sage. On forme un cercle à l'indienne. Le sol est glacé, mais c'est pas grave. Quelques bières tournent. Certaines ne trouvent même pas preneur. Un joint apparaît. La plupart ne tirent pas dessus. La brigade rêve de plateaux télé, de reconnaissance, de célébrité.

Lola et Mattéo sont assis côte à côte, comme si de rien n'était. Georges les observe.

Deux heures qu'ils sont là. Les sujets de conversation se sont taris. On a beau entretenir le feu avec les restes d'un clapier à lapins, ça caille grave. Certains envisagent de rejoindre leurs chambres. Sage décision.

Mattéo ne semble toujours pas décidé à faire le premier pas. Son épaule et celle de Lola se frôlent. Ils fixent obstinément le feu, comme si l'origine de leur histoire éventuelle, celle à écrire, s'y trouvait. S'ils tournaient la tête d'un quart de tour, vers la droite pour l'une, vers la gauche pour l'autre, tout serait dit. Même cela, ils en sont incapables.

Louna, elle, n'a pas sommeil. Louna n'a pas froid. Louna veut continuer. Louna veut fêter leur « succès à venir ».

Elle ouvre la dernière bouteille de Coca comme si c'était du champagne, et du bon ! Elle remplit tous les gobelets généreusement, se sert, porte un toast à Yvan Keredec. Chacun d'avaler sa gorgée... et de grimacer. Y a comme un arrière-goût désagréable. Georges enfourne trois marshmallows d'un coup pour chasser l'amertume.

Le temps s'arrête. Lola se met soudain à parler alors que les autres sont muets. C'est le monde à l'envers.

– Ta bouche, elle a quel goût ?

Elle vient de poser cette question plus que bizarre à Mattéo qui fixe toujours le feu. Feu au-dessus duquel Medhi saute en hurlant au risque de se transformer en torche humaine. Louise l'imite, folle elle aussi, pour une fois.

– Elle est salée ? Sucrée ? Acide ? Amère ou savoureuse ? Piquante ? Fraîche ?

Lola ne peut plus s'arrêter. Elle pense au gras de jambon qui a une saveur propre, métallique, proche de la réglisse. Qui leur en avait parlé ? Ce prof malheureux parti en début d'année. Comment s'appelait-il, déjà ?

Medhi aboie à la lune, loup. Louise saute sur son dos et tente de lacérer ses vêtements. Louna éclate de rire. Son rire est malsain, flippant.

– Je veux goûter ta bouche, articule Lola.

Sa tête opère le fameux quart de tour. Elle saisit les joues de celui assis à côté d'elle à pleines mains, l'approche, picore les lèvres, mordille, cherche, explore la cavité avec sa langue, s'enivre du pH de l'autre qui n'est pas en reste.

Les ventouses se détachent. Il faut respirer. Lola ouvre les yeux. Georges lui sourit, béat.

Lola sent qu'elle est violemment tirée vers l'arrière par une sorte de grappin qu'on lui aurait accroché au niveau des reins. Georges, les autres, le feu, la maison et la clairière s'éloignent. Elle agite les bras, tente de s'agripper à quelque chose. Elle tombe dans un puits horizontal.

Tout s'arrête.

Lola est à quatre pattes, dans l'herbe, pas loin du feu en fait. Quelqu'un gémit ou pleure. Elle a encore le goût du baiser dans la bouche, sucré, forcément. Elle cherche Mattéo des yeux. Tout tourne tellement vite... Son ventre se soulève. Elle vomit avant de perdre connaissance.

DÉCONGELEZ À TEMPÉRATURE AMBIANTE

Lola était assise entre Marc et Nathalie dans le bureau de monsieur Faramond. Madame Guillemot était présente. Et le Bosco.

Le soleil tombait à flots dans le bureau du proviseur, jouant avec les poussières en suspension. Lola s'était réveillée quarante-huit heures plus tôt. Pas dans la clairière, ni dans sa chambre. Mais dans un lit d'hôpital. Nathalie somnolait sur une chaise. Elle avait bondi quand sa fille avait ouvert les yeux.

Nat lui avait expliqué, lui caressant les cheveux :

« Vous vous êtes empoisonnés. Toi et tes amis. L'un de vous a donné l'alerte. Les pompiers sont venus vous chercher. Oh, mon bébé... »

Empoisonnés ? Lola avait essayé de se rappeler. La fête... Le toast... Qui l'avait porté ? Le Coca avait un goût amer... Le baiser...

Lola était certes tirée d'affaire, mais le proviseur du lycée Bonneval l'avait convoquée en présence de ses parents. Elle et personne d'autre de la brigade, apparemment. Lola n'avait pas revu ses camarades. Ils avaient échangé *via* la conversation de groupe. Tous gardaient un souvenir fragmentaire et cauchemardesque de la soirée. Personne ne comprenait ce qu'il s'était passé.

Retournons dans le bureau du proviseur. Marc et Nathalie sont épuisés. Ils ont peu dormi ces dernières quarante-huit heures.

– Nous avons un problème, avoua le chef d'établissement.

Il sortit une fiole brune avec un bouchon en céramique d'un tiroir de son bureau et la posa devant lui. Les Mons se demandaient où il voulait en venir.

– Vous reconnaissez cette bouteille ? demanda-t-il à Lola.

Elle fit non de la tête.

– On l'a retrouvée dans votre chambre, à l'internat. Vous avez avalé ce qu'elle contenait, vous et vos amis. Ça ne vous dit vraiment rien ?

Non ! Non ! Et re-non ! affirma Lola de la tête.

Le proviseur prit la fiole mais ne l'ouvrit pas.

– La bouteille contenait de la liqueur de pavot. Fabrication artisanale.

– Quoi ?! explosa Marc.

Il se tourna vers sa fille qui ne comprenait toujours pas, puis vers Faramond. Le Bosco reprit les rênes de l'entretien.

– Il en reste très peu. Mais l'odeur ne laisse aucun doute, affirma-t-elle. Et les effets subis par Lola et la 2ProC1 correspondent.

Ketling savait aussi qu'il suffisait de récolter quelques bulbes dans un champ médicinal, en toute illégalité, de les faire infuser et de laisser reposer pour obtenir cet opiacé aux effets dévastateurs. Un produit de la cuisine du diable.

Le cœur de Lola battait trop vite. Elle se força à respirer calmement. Nathalie récapitula :

– Vous êtes en train de nous dire que notre fille aurait fabriqué cette... saloperie et drogué ses camarades ?

– N'importe quoi ! ponctua Marc.

Et n'importe qui aurait pu entrer dans la chambre de Lola pour y déposer cette preuve accablante. Les adolescents sont capables de cruauté. Le proviseur le savait. Il les côtoyait au quotidien. Et il n'imaginait pas cette gamine préparer la décoction infâme et la faire ingurgiter à d'autres mômes juste pour le fun tout en se mettant elle-même en danger. Non. Ça ne collait pas. Ils allaient devoir creuser, mener leur propre enquête. Lui, le Bosco et madame Guillemot, qui connaissait les secrets du lycée.

Marc se tourna vers Lola.

– Dis-nous que ce n'est pas toi.

Elle ouvrit la bouche, voulut parler, n'y parvint pas. Deux larmes roulèrent sur ses joues.

– S'il vous plaît, écoutez-moi, demanda Faramond.

Le colosse en imposait, même assis. Il n'était pas devenu le chef d'un établissement comme le lycée Bonneval par hasard. Il joignit les mains, croisa les doigts devant ses lèvres, choisit ses mots avec soin.

– Les autres parents savent, pour le pavot. Ils ont été informés. Par contre, ils ne savent pas pour la fiole trouvée dans la chambre de Lola. Elle est protégée contre une éventuelle plainte tant que cela restera entre nous.

– Notre fille est innocente ! affirma Nathalie.

Marc posa une main sur le bras de sa femme. Lola, entre eux deux, fixait un point dans le vide.

– Lola.

Elle leva le nez et regarda le proviseur qui venait de requérir son attention.

– Nous allons essayer de comprendre ce qu'il s'est réellement passé.

Guillemot et Ketling hochèrent la tête de concert.

– En attendant d'y voir plus clair, tu dois comprendre que tu ne peux pas rester dans notre établissement. Pas dans ses murs, en tout cas. Et que tu ne pourras pas participer à… tu sais quoi. Du moins pas tant que ton innocence n'aura pas été clairement établie.

Marc garda le silence. De toute façon, l'idée de voir sa fille jetée en pâture à des centaines de milliers de téléspectateurs lui répugnait. Nathalie Mons n'était pas de cet avis. Blême de rage, elle coupa Faramond avant qu'il n'aille plus loin.

– Lola est la mieux notée de la brigade. Pourquoi aurait-elle fait une chose pareille ?

– Lola n'est pas exclue, rappela Faramond. Elle va continuer son CAP, hors les murs. Nous lui avons trouvé une place d'apprentie dans une auberge des environs. La propriétaire est une grande cuisinière. Elle est prête à prendre Lola sous son aile. Votre fille commencera lundi prochain. Nous sommes obligés de laisser passer une semaine pour des raisons administratives. Autorisations, dérogations… En attendant, si Lola pouvait rester avec vous…

Marc acquiesça. Lola haussa les épaules. On l'accusait d'avoir empoisonné ses amis. On la virait du CAP. On l'envoyait bosser chez des inconnus. Ça ou mourir...

– Et vous, qu'en pensez-vous ? demanda Nathalie à Galina Ketling.

« Si quelqu'un peut nous aider, c'est la cheffe », pensait-elle à juste titre. Elle voulait avoir son avis.

– À propos de quoi ? répondit le Bosco.

– L'auberge où Lola va faire son apprentissage.

Nathalie aurait pu lui demander si elle croyait sa fille innocente. Mais elle connaissait déjà la réponse, intuitivement.

– Elle est tenue par Éliane Bonneval, une amie d'enfance, répondit la cheffe. C'est quelqu'un de bien. Lola avancera à ses côtés. Autant que si elle restait ici.

– Le lycée porte le nom de sa mère, précisa la CPE. Suzanne Bonneval a joué un grand rôle dans la Résistance.

Nathalie rendit les armes... provisoirement. Lola n'était pas renvoyée. Elle allait continuer à apprendre le métier chez quelqu'un possédant des gènes héroïques. Ils avaient raison. Attendons que la situation s'éclaircisse. Et tant pis pour *Sur le Gril !* Ils n'auraient pas l'honneur de recevoir leur fille.

– Quelque chose à ajouter ? s'enquit Faramond.

Nathalie répondit pour Marc et Lola. Non. Ils n'avaient rien à ajouter.

Lola se leva avant tout le monde, ouvrit la porte, sortit dans le couloir pour respirer, pour ne pas exploser. Ils avaient beau dire, on la condamnait, on l'exilait, on la mettait hors jeu. Alors qu'elle n'y était pour rien. Quelqu'un était derrière tout ça. Plutôt quelqu'une. Elle pensait savoir qui. Mais comment le prouver ?

Louise, Medhi, Georges et Mattéo attendaient dans le hall d'entrée. Louise avait vu Lola arriver avec ses parents. Ils savaient qu'elle sortait du bureau de Faramond. Si elle était convoquée, deux jours après qu'ils avaient vu des éléphants roses, c'est qu'on la soupçonnait, elle.

Les mines étaient graves derrière les masques, mais pas hostiles.

Marc et Nathalie encadrèrent leur fille et l'accompagnèrent vers la sortie. Les autres s'écartèrent pour les laisser passer.

PRÉPAREZ LA VINAIGRETTE

Bo avait posé le plateau sur la desserte, à côté du lit, sans la réveiller. Apparemment, il avait été chercher du pain frais et une chocolatine au village. Lorsque madame Não ouvrit les yeux, le thé chaud, la baguette et la viennoiserie parfumaient la chambre. Le garde du corps romantique avait même glissé une rose dans un soliflore. Elle repensa à la façon dont il l'avait réchauffée, cette nuit et les précédentes.

La semaine était passée comme dans un rêve. Depuis qu'elle avait acheté cette truffe phénoménale, adieu cauchemars, tremblements et migraines. Madame Não avait rajeuni de dix ans. La raison était simple, évidente : elle avait laissé son mal derrière elle. Plus précisément, elle l'avait exorcisé. L'ours de la ferme à bile, toujours avec elle, dans son esprit, lui avait donné la marche à suivre.

« Achète la truffe aux enchères, quel qu'en soit le prix, et conserve-la. Elle sera ton talisman, ta protection magique. Tu verras. Tout changera. »

Elle conserverait son talisman dans le salon d'apparat du château du Périssou. Madame Não aimait cette pièce pour ses proportions majestueuses et les fenêtres qui ouvraient sur une immense terrasse. Un maître du feng shui, ou l'art d'harmoniser les énergies, aurait sûrement choisi le même emplacement.

« Maintenant, regarde-la », lui avait enjoint l'esprit de l'ours.

Elle avait tourné le tubercule noir parsemé d'excroissances entre ses doigts.

« Ce que tu as devant les yeux, c'est ta tumeur. Ce qui te tue, ce qui te ronge est hors de toi désormais. Tant qu'elle sera là, il ne pourra rien t'arriver. »

Nous avons parlé de folie concernant la millionnaire. Il était aussi question d'espoir. Comme tout le monde, madame Não refusait de mourir. Elle était prête à tout entendre, à tout croire, à accepter l'impossible pour échapper à l'inéluctable.

Quoi qu'il en soit, l'ours avait rempli sa part du contrat. Car, depuis que la truffe trônait dans le salon, soit sept nuits et six jours, les symptômes de son cancer semblaient avoir diminué. Quelques tremblements. Mais plus de nausées ni de maux de tête. Et elle avait faim, à nouveau.

Madame Não s'étira, fit craquer les articulations de ses épaules et de son cou, se massa la nuque, se leva, prit la tasse de thé et marcha jusqu'aux fenêtres, appréciant le contact froid des tomettes sous ses pieds nus. Le château se dressait sur un éperon calcaire, deux cents mètres au-dessus de la Dordogne. Le soleil n'était pas encore visible, mais il colorait les nuages de rouge et d'or. Elle avala une gorgée, réfléchit. Vivante... Elle pouvait élaborer de nouveaux projets, désormais.

La France était un pays merveilleux. Nature. Patrimoine. Nourriture. Vins. Mais les Français... bornés et sans cesse en train de se plaindre. Quant à la façon dont ils produisaient leurs truffes, quel archaïsme ! L'idée d'une truffière géante avait germé dès son arrivée. Pas besoin de l'ours pour la lui suggérer. Il y avait des centaines d'hectares de bois en friche. Le marché était énorme. Madame Não s'en voulait de ne pas y avoir pensé plus tôt. Maintenant, elle pouvait acheter des terres – il y aurait toujours des vendeurs – et exporter – il lui suffirait d'ouvrir son carnet d'adresses.

Un arc électrique lui traversa tout à coup le cerveau. La douleur ne dura qu'une fraction de seconde, mais elle fut foudroyante. Elle lâcha la tasse qui explosa sur les tomettes, plaqua les mains contre ses tempes pour faire refluer la douleur. Ses doigts tremblaient. Un froid mortel l'envahit. Une crainte pas si irraisonnée que cela lui tordit les entrailles.

Elle s'emmitoufla dans sa robe de chambre, enfila ses mules, sortit de la chambre. Le Périssou était silencieux, Bo sûrement dehors, en train de faire sa gymnastique matinale. Madame Nǎo convoqua mentalement l'ours. Elle voulait être rassurée. Mais l'ours l'ignora.

Elle descendit l'escalier en marbre, traversa le vestibule, poussa les lourdes portes capitonnées de cuir vert du salon d'apparat. Le soleil de janvier n'attcignait pas encore cette partie du château plongée dans la pénombre. La cheminée était visible, au fond, tout comme le congélateur.

Elle avança sur le plancher de châtaignier, telle une courtisane de l'ancien temps approchant de l'empereur avec une crainte respectueuse, souleva le couvercle du congélateur. Le froid lui sauta au visage. Le congélateur contenait un unique récipient carré en plastique blanc, posé au fond. Il était légèrement décalé par rapport au parallélépipède. Quand elle l'ouvrait pour contempler ce qu'il contenait, la vieille femme un peu maniaque s'assurait toujours de le remettre à sa place, au centre, exactement, tel un rouage nécessaire à son ordre du monde.

Elle s'empara du récipient, le cœur battant. La glace lui colla aux doigts. Elle arracha le couvercle. Elle aurait dû trouver une petite météorite recouverte de papier aluminium. Au lieu de quoi, une balle de tennis sur laquelle avaient été dessinés une bouche et des yeux lui souriait, la narguait.

La malade émit un bruit de gorge animal en découvrant le smiley grotesque. Bo choisit ce moment pour la rejoindre. Elle n'eut pas besoin de parler pour qu'il comprenne. Quelqu'un s'était introduit dans le Périssou durant la nuit et leur avait volé le diamant noir, la truffe, sa protection magique, ce qui la maintenait en vie.

Le côté particulier de son commerce l'avait amenée à fréquenter certaines zones d'ombre de la société. Somme toute, elle pourvoyait des hommes en drogues légales. Certains de ces clients, puissants, appartenaient à la pègre et ne rechignaient pas à user de la violence.

Sans sa folie, sans sa peur, en cet instant précis, à cette croisée des chemins, la malade aurait pris une autre voie. Elle serait retournée en Chine, même s'il était désormais moins compliqué de quitter le pays que d'y revenir, à cause de la pandémie. Elle se serait pliée aux examens médicaux. Elle aurait accepté qu'on la charcute, qu'on la rassure, qu'on lui mente.

Mais madame Não n'était plus elle-même. Ce que lui confirma l'ours, qui revint à la charge. La voix du plantigrade empruntée à cet acteur dont elle n'avait toujours pas retrouvé le nom était plus claire que jamais.

« Si tu ne la retrouves pas, tu mourras. »

Rentrer en Chine ne la sauverait pas. Sans son talisman, elle était condamnée à mort.

Bo gronda...

– Nous n'allons pas alerter la police, l'informa sa maîtresse. Nous n'en parlerons à personne. Nous allons retrouver le voleur. Nous allons le retrouver, le ramener ici et nous lui arracherons la peau, morceau par morceau.

« Bien », dit l'ours.

– Bien, dit Bo.

Il se savait capable de tuer pour elle. On peut tout faire par amour.

Un nouvel accès de migraine, insoutenable, la plia en deux.

TRAVAILLEZ LA PÂTE

Éliane Bonneval ajouta deux cuillerées de crème fraîche épaisse, du sel et du poivre dans la cocotte. Elle mélangea les morceaux de poulet et les trompettes de la mort et servit deux assiettes. La fricassée était accompagnée d'une purée de céleri maison. La cuisinière considéra son œuvre fumante sur le passe-plat, donna un coup de paume sur la sonnette. Sa fille, Lucie, rappliqua en cuisine au bout de dix secondes.

– Ça sent bon, jugea cette dernière.

– Ils ont aimé l'entrée ?

Éliane Bonneval avait concocté un de ses menus préférés : salade de pissenlit, lardons grillés et œuf poché en entrée ; fricassée de poulet aux champignons ; gâteau à la poêle aux pommes qu'elle s'apprêtait à préparer.

– Tu veux parler des deux petits vieux qui se sont échappés de l'EHPAD ?

– Respecte la clientèle.

– Pfft.

Lucie récupéra les plats de résistance, poussa la porte de cuisine du postérieur et remonta la salle de l'auberge du Cluseau, quasiment vide, jusqu'au couple de retraités installé côté fenêtres. Ils s'étaient régalés avec la salade. Ils salivaient déjà lorsque Lucie posa les assiettes sous leur nez.

– Bon appétit, lança-t-elle avec un sourire digne d'une école de commerce.

– Merci ! répondirent-ils en chœur.

Lucie retourna en cuisine. Elle avait une discussion à terminer avec sa mère. Éliane faisait déjà revenir les pommes dans du beurre. Lucie retira son masque et la regarda faire, bras croisés. Éliane attrapa la pâte à crêpes dans le frigo, en nappa les morceaux de pommes, mit à feu très doux, s'octroya une pause.

– Quelque chose à me dire ? demanda-t-elle à sa fille.

– Tu sais très bien ce que je pense.

Même si l'auberge du Cluseau avait pris les confinements de plein fouet, Éliane tenait à conserver la formule d'antan : des menus simples avec des produits de qualité à un prix défiant toute concurrence. Malgré cela, les clients ne se bousculaient pas au portillon. À cause du Covid, de l'isolement de l'auberge, d'un manque de communication. Allez savoir.

Lucie contempla les cuisines de ce qui avait été l'établissement le plus couru de la vallée de la Vézère du temps de son père. Il fallait réserver un mois à l'avance pour manger au Cluseau. Et même si les Bonneval avaient toujours mis un point d'honneur à ne pas matraquer le client côté portefeuille, il fallait sortir un peu plus que les vingt euros désormais demandés pour un trio entrée-plat-dessert. Aujourd'hui, hormis les connaissances locales ou les touristes perdus, rares étaient ceux qui s'aventuraient jusqu'à l'auberge.

– Je ne ferai pas de vente à emporter, rappela Éliane.

Elle voulait cuisiner à son rythme, comme à la maison, comme cela avait toujours été.

– Je pourrais gérer les commandes et les livraisons.

– Les gens viennent aussi au Cluseau pour le lieu.

– Les gens ne viennent plus, maman.

– Quand ils ne viendront vraiment plus, nous fermerons.

– Ah ! Tu m'énerves !

Lucie remit son masque et, colère, retourna en salle, derrière le comptoir, pour polir le zinc déjà nickel.

L'auberge avait été fondée par les grands-parents d'Éliane sur un promontoire, au-dessus du vallon familial. Un lieu exceptionnel, effectivement. Ça les avançait vachement ! Lucie ne connaissait pas l'état de leurs finances, mais si sa mère se voyait contrainte de vendre ou de déposer le bilan... Le Cluseau, c'était sa vie. Leur vie. Lucie était incapable de se projeter ailleurs.

Les retraités avaient fini. Elle récupéra les assiettes, aussi propres qu'un squelette nettoyé par une fourmilière. Lucie ne posa pas la question rituelle et vide de sens posée par les serveurs de la planète entière : « Ça a été ? » Comme elle ne demandait jamais : « Ça va ? » à qui que ce soit. Ras le bol d'entendre la sempiternelle réponse affirmative avec la bonne mine de rigueur.

– Je vous amène le dessert.

En cuisine, Éliane finissait de glisser des morceaux de beurre sous la pâte truffée de quartiers de pommes.

– Pas d'autres clients ?

– Non.

Lucie attendit cinq minutes en silence, le temps que sa mère termine. Elle prit les desserts, retourna dans la salle, retint un juron en voyant le couple qui venait d'entrer dans l'auberge. L'homme bedonnant et sûr de lui salua les deux autres clients d'un « Messieurs dames » qui appelait à la sympathie. Il était accompagné d'une pin-up rousse. Pas blonde, ni brune. Rousse, cette fois... Lucie recula dans les cuisines et confia à sa mère :

– Castagnol vient d'arriver avec une nouvelle pute.

– Zut ! Et ne parle pas comme ça !

– Castagnol vient d'arriver avec une fille dont les arguments sautent aux yeux. Du cent quarante D, je dirais. Par contre, côté cerveau, je miserais sur un modèle noix de pécan.

– Je refuse de cuisiner pour lui, asséna Éliane.

– Ne t'inquiète pas. Je m'en occupe.

Lucie alla poser les desserts à la 12, lâchant un nouveau « Bon appétit ! » forcé. Castagnol de l'agence immobilière Castagnol s'était assis d'emblée à une table avec son faire-valoir. Il fallait se méfier de lui, Lucie le savait. L'homme était aussi méchant que puissant.

– Voyons voyons, chantonna-t-il en étudiant les entrées et plats du jour peints au blanc d'Espagne sur un tableau noir. Ça me semble parfait ! Deux menus, s'il vous plaît, mademoiselle.

La rousse grimaça comme si elle venait de se planter une écharde sous un ongle.

– Pour moi, ce sera juste des pissenlits.

– Par la racine ? rétorqua Lucie.

Les femelles se dévisagèrent. Vu l'air bovin de la rousse, cette dernière ne connaissait pas l'expression « manger les pissenlits par la racine », soit : être mort et enterré. Lucie reporta son attention sur Castagnol.

– On n'a plus de pissenlit, ni de poulet, ni de pommes.

Castagnol étudia la salle qui pouvait accueillir cinquante personnes.

– Quatre clients, nous y compris, compta-t-il. Il est à peine 13 heures. Et vous êtes en rupture de stock ?

Lucie croisa les bras et plissa les paupières.

– Ou alors les rats ont envahi votre réserve.

À l'autre table, la mastication enthousiaste était passée en mode discret.

– On s'en va, décida la rousse qui voulut se lever.

– Reste assise.

La poule obéit et se mit à bouder. Lucie eut presque pitié pour elle. Elle eut envie de lui rappeler qu'on était déjà bien engagé dans le vingt et unième siècle.

– Je veux parler avec ta mère, reprit Castagnol.

– Ne me tutoyez pas.

– Je veux parler avec *votre* mère.

– Elle ne veut pas *vous* parler, elle.

– Je lui ai fait une offre qu'elle ne peut pas refuser.

« J'y crois pas, songea Lucie. Il parle comme Don Corleone dans *Le Parrain* ! »

– Si vous la refusez, vous ne passerez pas l'hiver. Vous perdrez tout, croyez-moi. Le vallon compris.

Lucie considéra l'agent immobilier avant de retourner en cuisine. Sa mère lui tournait le dos, appuyée aux fourneaux. OK. Rien à attendre de ce côté. Lucie retourna dans la salle et se planta face à Castagnol.

– Alors ?

L'auberge, c'était une chose. Le vallon, c'en était une autre. Il avait été acheté par l'arrière-grand-père Bonneval. Il recelait une mine archéologique, trois grottes, et l'avenir de Lucie, passionnée de préhistoire. Elle y avait appris à allumer un feu avec une pyrite, à lancer un propulseur, à dessiner au noir de suie sur les parois rocheuses. Elle y animait des camps d'été. Et elle y travaillerait, plus tard, quand elle aurait fini ses études d'anthropo, de tourisme, de je-ne-sais-quoi lui permettant de gagner sa vie. Éliane avait le restaurant, Lucie aurait le vallon. Si ce porc, et le terme était injurieux pour l'animal, les en chassait, ce qui restait des Bonneval ne s'en remettrait jamais.

Mais Lucie était une résistante. Comme sa mère et sa grand-mère avant elle. On ne peut pas laisser les salauds gagner la guerre.

– Savez-vous comment se transmet le savoir ? demanda la jeune fille de dix-sept ans, tout à coup lumineuse, sublime.

Castagnol émit un bruit étrange, comme si une ceinture de sécurité lui avait soudainement comprimé la poitrine.

Elle continua.

– Il y a trois modes. Celui sans paroles.

Elle brandit son poing droit et déplia le majeur.

– Celui avec paroles.

Elle rangea son doigt et dit : « Fuck ».

– Celui avec et sans paroles.

Le « Fuck » fut assorti des deux majeurs, cette fois. Parfaitement dressés.

– Notez que les hommes préhistoriques maîtrisaient les trois.

Castagnol se leva, imité par son humaine de compagnie. Il souriait. Lucie aurait préféré qu'il explose de colère.

– Merci pour la leçon. C'était très intéressant. Bonne journée, mademoiselle.

Ils sortirent de la salle sous les regards médusés des retraités qui avaient fini leur dessert durant l'échange. Lucie était pâle quand elle récupéra leurs assiettes.

– Tout va bien ? demanda la vieille dame, inversant les rôles.

Lucie ne répondit pas et alla se réfugier en cuisine. Éliane n'avait pas bougé.

– Ils sont partis ?

Lucie acquiesça.

– Il a parlé de nous prendre le vallon.

– Il n'en a pas le pouvoir.

Ce en quoi Éliane se trompait. Castagnol avait les autorités dans la poche. Les Bonneval étaient déjà endettées avant le Covid. Elles pouvaient tenir encore deux trois mois.

– Au fait, reprit Éliane. J'ai oublié de te dire. On accueille une apprentie. Une gamine du lycée hôtelier qui avait quelques ennuis. Elle arrive à 16 heures. C'est Galina qui nous l'envoie.

– La seconde qui a shooté sa brigade ? réagit aussi sec Lucie, informée par Radio Vallée.

– D'après Galina, ce n'est pas elle qui a fait le coup.

– Quand même ! T'aurais pu me prévenir !

Lucie adorait la solitude. Elle allait se retrouver avec une empoisonneuse dans les pattes ? Merci du cadeau !

– Je te le dis maintenant.

Lucie retint une nouvelle fois le juron qu'elle s'apprêtait à lancer, poussa la porte du pied, retourna derrière le comptoir.

– Cafés ? lança-t-elle aux retraités.

Lucie avait accumulé assez d'heures en conduite accompagnée pour tenir un volant seule. Aussi, sa mère lui confiait-elle les clés de la fourgonnette réfrigérée pour récupérer les courses au village. Éliane ne descendait que très rarement de son rocher, pour la fête de la Truffe ou celle du Bison, en juin. Quant à sa fille, et on la comprendra, elle avait besoin d'air.

Elle se rendait aux Eyzies, distants d'une dizaine de kilomètres. Elle devait réceptionner des gâteaux aux noix du Périgord. Tout en négociant les lacets de la route qui épousait les circonvolutions du vallon, Lucie pensait. Plutôt, les pensées dévalaient en elle comme une coulée de boue. Elle pensait à sa mère, à leur auberge, à Castagnol. Elle pensait à la nouvelle recrue qui allait partager leur vie. Elle pensait à son père, à leur dernier échange. « Ça va ma fille ? » « Oui papa. » « Bonne journée ma chérie. » « Bonne journée papa. » « Je t'aime. » « Je t'aime. »

– Merde !

Un sanglier traversait la route juste devant la fourgonnette. Lucie l'évita d'un coup de volant sec sur la droite qui manqua l'envoyer dans le fossé. Elle rétablit sans piler pour ne pas déraper, constata dans le rétro que le bestiau s'était réfugié dans les bois, indemne.

Les obstacles mobiles de cent-cinquante kilos ont ce bon côté quand ils croisent votre chemin : ils vous rappellent les priorités de l'existence. Chassées, les pensées ! Lucie se concentra sur la conduite.

– V'là la plus belle !

Dixit Roméo le pâtissier, vingt-deux ans. Six mois qu'il sortait avec la fille Bonneval. Certes plus jeune que lui, mais électrifiante.

Lucie passa derrière les vitrines et embrassa goulûment son chéri avec la langue, affamée. Puis elle recula. Des fois qu'un client pointerait le bout de son nez... Pour le frustrer, aussi.

– T'es trop belle, lui susurra Roméo.

– T'es bon en compliments, lui renvoya Lucie, narquoise.

– Je te kiffe grave.

– Arrête d'essayer de parler jeune.

– Je t'enlève, là, maintenant.

– Avec ta Twingo ? On irait loin ! Et faudrait se faire tester. Sinon, c'est demi-tour à la frontière ! Ma commande est prête ? conclut-elle, sautant du coq à l'âne.

Roméo prit le temps d'admirer l'objet de ses désirs, de ses nuits, de ses délires, avant de redevenir professionnel. Il alla chercher un empilement de boîtes dans le frigo, les posa sur le comptoir.

– On peut te régler en fin de semaine ?

– Hein, hein.

Roméo ouvrit le livre de comptes, y nota l'ardoise de la maison Bonneval qui s'allongeait.

– Castagnol est encore passé vous voir ? demanda-t-il, l'air de rien.

Lucie soupira. Les ragots allaient vraiment plus vite que la lumière dans ce coin paumé.

– Je l'ai vu rentrer dans son agence. Il avait l'air furax. Tu l'as défoncé ?

– Faut croire.

– T'es la meilleure.

– Mouais.

Lucie s'en voulait à présent. Elle n'aurait pas dû agresser l'agent immobilier. Relis Sun Tzu ! Caresse ton ennemi dans le sens du poil au lieu de lui rentrer dans le lard ! Elle préféra changer de sujet.

– T'as des pistes pour tu sais quoi ?

– Ça va être plus compliqué que prévu.

– Mais encore ?

– Tu te doutes bien qu'un truc pareil, à refourguer, ça va pas être de la tarte. Fallait y penser avant !

Lui aussi aurait dû y penser avant, au lieu de participer au larcin et de lui promettre de revendre l'objet du délit. L'amour fait faire de ces conneries !

– Putain, Roméo ! Sors-toi les doigts du cul !

Lucie s'empara de sa commande, sortit de la boulangerie, cala les gâteaux dans la partie réfrigérée de la fourgonnette, démarra, quitta sa place de stationnement sans un coup d'œil dans le rétro et sans mettre le cligno – trois points en moins –, quitta les Eyzies au-dessus de la limite autorisée. Elle frappa le volant.

– Si tu retraverses, lança-t-elle au sanglier, je t'éclate.

Le sanglier ne retraversa pas. Et c'est tant mieux. Car c'est lui qui aurait défoncé la fourgonnette et Lucie n'en serait pas sortie indemne. Lorsqu'elle se gara devant l'auberge, elle remarqua immédiatement la voiture appartenant au service des douanes. « Aïe », se dit-elle. Elle remit son masque, attrapa les gâteaux aux noix, traversa la terrasse, entra.

Deux fonctionnaires se tenaient devant le comptoir. Éliane, raide face à eux. Pas décontractée, l'ambiance. Ils n'étaient pas là pour consommer.

Un des deux comptait les échantillons de boissons non alcoolisées posées sur une console, en évidence au-dessus du percolateur. La loi obligeait tout limonadier possédant la licence IV, ce qui était le cas du Cluseau, à exhiber au moins dix bouteilles sans alcool dans différentes catégories pour lutter contre le fléau éthylique.

– Il en manque une, constata l'agent des douanes. Dans la catégorie « Jus de fruits et de légumes ».

Éliane interrogea sa fille du regard. Toutes deux savaient que Castagnol était derrière cette visite. Par contre, comment expliquer le fait qu'il manquait un échantillon ? Lucie était responsable de la partie bar.

Lucie posa les tartes sur une table, s'approcha et avoua :

– J'ai bu un jus de tomate, hier. J'ai oublié de le remplacer.

L'agent des douanes fixa la jeune fille, puis la mère, puis son collègue, avant de sortir une souche à procès-verbaux et de la noircir dans un silence de plomb. Il déchira le feuillet et le plaqua sur le zinc.

– Selon l'article R. 3351-2 du Code de la santé publique, votre établissement est passible en tant que personne morale d'une amende de trois mille sept cent cinquante euros.

Éliane Bonneval serra les mâchoires.

– Exceptionnellement, nous considérons que l'infraction est due à une personne physique.

Il eut un mouvement de tête vers Lucie qui se retenait d'exploser.

– L'amende ne sera donc que de sept cent cinquante euros. Veuillez signer ici.

Éliane signa le procès-verbal d'une main tremblante.

– Merci. Bonne journée.

Les fonctionnaires sortirent de l'auberge. Mère et fille retirèrent leur masque et se dévisagèrent. Lucie retenait ses larmes. Tout était de sa faute.

– Ne t'inquiète pas, ma grande, tenta de la rassurer Éliane. On en a vu d'autres. On s'en sortira.

Elle attrapa une bouteille de jus de tomate dans le frigo et la posa avec les autres échantillons, lasse. Oui. Elles en avaient vu d'autres. Elles s'en sortiraient.

– Au fait, notre apprentie est arrivée. Lucie, je te présente Lola. Lola, je te présente Lucie.

Lucie remarqua enfin la nouvelle, assise dans un coin de la salle. Elle portait encore son manteau. Une valise à roulettes était posée à côté d'elle.

– Tu veux bien lui montrer sa chambre ?

Lucie acquiesça comme une somnambule, marcha vers le fond de la salle, s'arrêta devant la porte du couloir qui menait aux chambres.

– Eh ben ?! Qu'est-ce que t'attends ? aboya-t-elle en direction de Lola qui ne réagissait pas.

– De la gentillesse, réclama Éliane avec douceur.

Lola se leva et rejoignit Lucie qui, on s'en doute, la précéda sans l'attendre.

La chambre était agréable, même si elle sentait un peu le renfermé. La vue sur le vallon devait être belle par temps dégagé. Là, il s'était mis à pleuvoir.

– Placard, toilettes, douche, énuméra Lucie.

Lola avait déjà posé la valise sur son lit. La mauvaise humeur de la fille de la patronne ne l'impressionnait pas. Elle en avait vu d'autres, elle aussi.

– On a déjà eu des apprentis, tu sais ? C'est le côté saint-bernard de ma mère. Elle aime bien ramasser les gens dans le caniveau.

Lola retira tranquillement son masque et son manteau, sourit à celle qui la provoquait.

– Ils n'ont jamais tenu plus de deux semaines.

C'était faux. Lola l'ignorait, mais s'en foutait. Il était prévu qu'elle reste deux mois au Cluseau. Elle les ferait, ses deux mois. Elle irait jusqu'au bout. Pour montrer à ses parents, à Éliane Bonneval et à sa fille, au proviseur, au Bosco, à celui ou à celle qui l'avait piégée ce qu'elle avait dans le ventre. Cet apprentissage forcé était une chance, une opportunité. Donc, cause toujours, l'excitée. Essaie de me faire sortir de mes gonds. Tu en seras pour tes frais.

– Tu ne parles vraiment pas ?

Éliane avait affranchi sa fille sur cette particularité. Lola haussa les épaules. Lucie soupira, remisa son attitude hostile.

– T'as vraiment empoisonné ta brigade ?

« Pas tes oignons », répondit silencieusement Lola. Lucie reçut le message.

– OK. Laisse tomber. Rendez-vous en cuisine à 17 heures. Et bienvenue au Cluseau, l'auberge où il fait toujours beau ! chanta-t-elle depuis le couloir.

CONSERVEZ LES TÊTES, DÉCORTIQUEZ LES QUEUES

Il gelait à pierre fendre. Aucun chant d'oiseau, sinon le lointain staccato d'un pivert cherchant sa pitance sous forme de lombrics. Un jour de février parfaitement lugubre. Pourtant, celle qui grimpait la route en lacets, à pied, sifflotait dans l'air glacé. Paco venait de la déposer cinquante mètres plus bas et il la reprendrait dans une heure. Galina Ketling avait toujours aimé l'hiver, saison sans concessions durant laquelle on s'arrête, on s'endort, on meurt avant de renaître. Sorte de confinement imposé par Mère Nature.

Elle cessa de siffloter en franchissant l'entrée du Cluseau. La terrasse de l'auberge était en hivernage, elle aussi. Les plantes en pots recouvertes de tulle, les chaises en métal basculées contre les tables. Un corbeau perché sur le muret croassa en direction de l'intruse.

Galina venait ici tous les quinze jours. Là, il était tôt. Un dimanche matin avant 8 heures. Le soleil avait du mal à se lever. Lola et Lucie étaient sûrement encore dans leurs chambres, se remettant du service de la veille au soir. Des chasseurs avaient privatisé l'auberge. Le Bosco le savait par Paco. Une de ces grosses soirées bonnes pour la trésorerie mais qui épuisent.

Éliane Bonneval n'était pas épuisée, elle. Elle ouvrit à Galina, retourna derrière le comptoir alors que son amie fermait la porte, récupéra deux grands cafés au perco, les posa sur une table. Les femmes s'assirent face à face. Galina avala son jus. Éliane ne toucha pas au sien. Elle caressait le bois de la tablc qui avait vu passer des milliers de convives depuis plus de cinquante ans. Elle le caressait comme de la peau.

– Lola est sympa, dit Éliane.

Le Bosco sourit. Les vieilles copines avaient fait leur scolarité ensemble, partagé leur premier joint, étaient sorties avec le même gars épatant : Jean, dont l'absence hantait les murs. Puisque la conversation était lancée...

– Tu veux bien m'en faire un autre ?

Éliane prit la tasse de Galina, fit le réassort de café, revint s'asseoir.

– Ça fait quoi… un mois qu'elle est arrivée ?

– Oui. Elle est attachante. Elle bosse dur. Tu avais raison, elle a vraiment du talent.

Éliane fixa Galina dans le blanc des yeux. Elle enchaîna :

– Je n'arrive pas à croire qu'elle ait empoisonné sa brigade.

– Ce n'était pas elle.

– Tu es sûre ?

– Certaine. On trouvera le coupable.

Éliane acquiesça. Elle connaissait le côté déterminé de Galina. Si son amie l'affirmait, Lola serait lavée de tout soupçon un jour ou l'autre. Et puis, cette apprentie était bien tombée. Compliqué avec Lucie, ces derniers temps. Lola faisait tampon entre la mère et la fille.

– Comment ça se passe avec ta grande ? demanda Galina, empathique.

Éliane soupira.

– J'aimerais qu'elle voie un psy, qu'elle parle à quelqu'un. Elle n'aurait jamais dû… ce n'était pas à elle…

Éliane laissa les phrases en suspens. Galina les compléta mentalement. Ce n'était pas à Lucie de découvrir le corps de son père. Personne n'aurait dû le découvrir. Cela n'aurait pas dû arriver. Les deux femmes frappèrent leur punching-ball intérieur. La rage était là, enfouie ou affleurant. Ainsi que la culpabilité.

– Elle s'entend bien avec Lola ?

– Contre toute attente, oui.

Éliane fixa Galina avec une expression juvénile cette fois, de la période d'avant. Une expression que son amie pensait disparue à tout jamais. Cela lui mit du baume au cœur.

– Dès qu'elles peuvent, elles sont fourrées dehors, quel que soit le temps. Je ne sais pas ce qu'elles traficotent. Lucie ne m'en parle pas. Et Lola, eh bien, elle ne parle pas tout court. Mais je suis heureuse que cela se passe ainsi.

Un nouveau voile de tristesse se posa sur le visage d'Éliane, comme une toile d'araignée. Néfaste. La veuve eut un mouvement d'épaules pour s'cn débarrasser.

– Et toi ? Le lycée ? L'émission ?!

Dans la vallée, on ne parlait plus que de cela. La venue des caméras et du Grand Manitou Médiatique pour le printemps. Il y aurait trois épisodes, histoire de départager les trois binômes des trois brigades des trois lycées hôteliers sélectionnés. Galina aurait aimé que Lola soit encore dans la course.

– Louna y participera.

Louna avait mis les bouchées doubles et impressionné le Bosco. Sa ténacité, son appétit, étaient dignes d'un grand carnivore. Certes, elle manquait de grâce et d'altruisme. Mais son côté impitoyable pouvait plaire.

– Côté garçon ?

– Medhi, ou Mattéo... Difficile de les départager.

Éliane attaqua enfin son café, froid. Comme la pierre qui s'était logée dans sa poitrine un an plus tôt.

– Éliane.

– Hmmm ?

– J'ai quelque chose à te demander.

La mère de Lucie fronça les sourcils. Galina avait rarement quelque chose à demander. Elle avait toujours été la plus forte.

– Ils vont axer la compétition sur la cuisine française, les traditions, le terroir. Ils prévoient de tourner les épisodes dans trois restaurants différents. On m'a demandé mon avis. J'ai proposé le tien pour la finale.

Éliane se raidit.

– Ils viendraient... ici ?

« Dans mon sanctuaire ? » aurait-elle pu ajouter. Galina se mordit les lèvres. Devait-elle s'en vouloir ? Non ! Ce genre d'émission, c'était certes de la télévision, des coupures pub, de l'invasion. C'était aussi de la vie. Et cet endroit, malgré Lola et Lucie, en manquait cruellement. Elle non plus ne voulait pas voir le Cluseau mourir.

– Il a fait savoir qu'il serait honoré.

– Qui ça, « il » ?

– Tu sais bien de qui je veux parler, Éliane.

Le prénom ajouté à la fin voulant dire : ne me prends pas pour une idiote ; ne *te* prends pas pour une idiote. Plus aucune condescendance dans la voix de la bonne copine quand elle reprit :

– Il aimait la cuisine de Jean. Il est venu plusieurs fois.

– Il ne l'a pas soutenu quand on a perdu l'étoile.

Galina soupira.

– Cette émission te fera une pub formidable, insista-t-elle. De quoi remonter la pente !

– Qui te dit que j'ai envie de la remonter ?

Éliane avait parlé sans réfléchir. Elle s'en voulait déjà.

– OK.

Galina se leva, posa sa tasse sur le comptoir, noua l'écharpe autour de son cou, enfila son manteau, se dirigea vers la porte, revint sur ses pas.

– Tu la remonteras, cette putain de pente. Pour moi. Pour toi. Pour ta fille. Pour tous ceux qui t'aiment.

Elle écarta les bras.

– Pour le Cluseau.

Elle embrassa Éliane sur la joue. Son baiser claqua comme une gifle.

– Je leur dis que tu es d'accord. Je te tiens au jus. Ciao.

Cinq minutes après que Galina fut partie, Éliane était toujours en train de fixer l'endroit où son amie s'était assise. Jean Demareul avait pris sa place. Lui et son sourire ravageur. « Tu dois le faire, disait-il à sa femme. Pour toi... et pour moi. »

Elle lui balança son fond de café au visage.

LAISSEZ TIÉDIR

Je vous ai déjà planté le décor. Rappelez-vous : Périgord noir. Rivières et cavités. Forêts et châteaux plus ou moins ruinés. Chênes pubescents. Parlons maintenant de préhistoire, de l'Histoire avant l'Histoire.

L'auberge du Cluseau perchée sur son éperon calcaire surplombe un vallon, celui de Castelbouc. Il a donc été acheté par l'arrière-grand-père Bonneval, collectionneur de silex et de tout artefact produit par nos ancêtres. Le vallon s'est révélé assez riche – plusieurs cavités gravées, des traces fossiles un peu partout – pour servir de lieu d'animation durant l'été. Lucie et un étudiant en paléoanthropologie s'y collent pendant les vacances et apprennent aux visiteurs comment allumer un feu ou utiliser un propulseur.

Lucie maîtrise ces compétences. Elle les a transmises à Lola qui ne s'en sort pas trop mal. Vous n'avez donc pas le choix, cher lecteur. C'est maintenant votre tour. Au pire, ça vous servira en cas d'Apocalypse zombie.

Leçon numéro 1 : Allumer un feu avec la technique dite par percussion.

Il vous faudra une pyrite, un silex et de l'amadou. Frapper deux silex l'un contre l'autre ne servira à rien. Ils produisent une étincelle froide. Par contre, une pyrite qui contient du fer, ça c'est bon. Celui qui en avait une dans un repli de sa tunique en peau de mammouth jouait au-dessus de la mêlée. Donc, frappez la pyrite contre un silex au-dessus d'une poignée d'amadouvier bien sec (c'est un champignon). Soufflez dessus. De la fumée va apparaître. Ajoutez quelques brindilles. Et hop ! La flamme apparaît. Bravo ! Vous venez de reproduire le geste qui nous a permis, il y a quatre cent mille ans, de nous éclairer, de nous chauffer, de cuire nos aliments, d'éloigner les bêtes sauvages. Vive le pouce préhensile ! Vive la pyrite !

Leçon numéro 2 : Utiliser un propulseur.

Vous avez votre lance, avec sa pointe en silex. Le renne est peu agressif. Par contre, mieux vaut ne pas rater son bison, son rhinocéros laineux ou sa hyène des cavernes, un mètre soixante au garrot. Avec une simple lance, vous devez vous placer à moins de trois mètres de la proie. Et si vous ratez votre coup, vous ne courrez jamais assez vite. Manger ou être mangé, telle est la question.

Donc, supposez que vous venez de perdre un ami cher, une compagne, un enfant, un animal de compagnie boulotté par la bestiole du coin. Vous vous creusez les méninges. C'est un peu tôt côté techno pour inventer le fusil à lunette. Une ampoule vient tout de même de s'allumer au-dessus de votre crâne de Magdalénien.

Ni une ni deux, vous sculptez dans le bois ou l'os une pièce bizarre en forme d'omoplate. Vous y accrochez une lanière. Après quelques tentatives infructueuses, le prototype répond enfin à vos attentes. Petite démonstration devant les copains de la tribu. Avant, on lançait à la main. Maintenant, on tient la lance et le propulseur qui propulse la lance. Démultiplication des forces plus précision. Votre lance a vu sa vitesse tripler et vous gagnez une distance de sécurité confortable pour pouvoir vous carapater en cas de raté. Bien joué !

Leçon numéro 3 : Dans le bison, tout est bon !

...

On va garder le bison pour la fin, car j'aperçois Lucie et Lola marchant en pleine nature. Nous sommes toujours dimanche, aux alentours de 10 heures. Lucie ouvre la route d'un pas décidé. Elle grimpe sur un rocher, étudie le paysage. Lola la rejoint, moins équilibriste, s'agrippe à Lucie pour ne pas tomber. Mais que diantre sont-elles en train de chercher ?

NAPPEZ DE CRÈME AIGRE

— Tu vois quelque chose ? demanda Lucie en tendant une paire de jumelles à Lola.

Lola prit le temps de scruter le paysage accidenté, fit non de la tête. Aucun panache blanc, rien qui permette de penser qu'il se trouvait, à portée de vue, une cavité pas encore découverte, peut-être ornée. Quand le mercurc tombait en dessous des dix degrés Celsius, la différence de pression entre une grotte où il fait environ douze degrés hiver comme été et l'extérieur créait un panache aussi subtil qu'un souffle d'ange. Certaines cavités ont été repérées de cette manière. Qui en découvre une en devient l'inventeur, voire le propriétaire. Cela aurait changé la donne pour la famille Bonneval !

– Fait chier ! râla Lucie.

Elle reprit les jumelles, les rangea dans son sac à dos, sauta du caillou sur lequel elle était perchée, dévala le chemin. Lola la suivait quand la piste était trop étroite, marchait à ses côtés quand la largeur le permettait.

– Je t'ai déjà parlé de ma grand-mère ? Suzanne ? Celle qui a le donné son nom à ton lycée.

« La résistante », compléta mentalement Lola.

– Elle avait quinze ans quand les Boches ont débarqué dans la région. Elle et une amie ont proposé leurs services à la Résistance, d'une façon bien particulière. Elles approchaient les nazis dans les cafés, les chauffaient... Bref, tu vois ce que je veux dire ? Elles leur donnaient rendez-vous dans un endroit à l'écart. Ils n'en revenaient jamais. Elles ne les tuaient pas elles-mêmes. D'autres s'en chargeaient. C'était culotté... Quinze ans... T'imagines ?

Lola acquiesça. Ces adolescentes avaient du cran.

– Son amie a été attrapée. Aller simple pour les camps. Suzanne a réussi à s'enfuir. Elle est morte d'un cancer il y a dix ans. J'adorais ma grand-mère.

Lola ne connaissait pas trop ses grands-parents. Marc et Nathalie entretenaient des rapports plutôt distants avec leurs géniteurs, une visite par an, en moyenne. Penser à eux lui procura un drôle de sentiment.

Ils lui manquaient. Tic et Tac, les deux tornades, lui manquaient. La brigade aussi lui manquait.

« Et Mattéo, il te manque, hein ? » lui chuchota sa voix intérieure, perfide.

Le téléphone de Lucie sonna.

– Oui maman. On sera là dans dix minutes. T'inquiète, je sais.

Puis, à l'attention de Lola :

– Faut qu'on trace ! Y a vingt couverts ce midi. La daronne est sur des braises !

Lucie s'élança sur le sentier façon trail spécial gazelle. Lola essayait de tenir le rythme mais elle fut vite essoufflée et distancée. Lucie ne l'avait jamais amenée dans ce coin. Mais Lola n'était pas perdue. Elle savait que tous les chemins menaient au vallon de Castelbouc, donc à l'auberge. Elle aurait bien appelé Lucie tout de même. Mettre ses mains en porte-voix, hurler son prénom… Impossible.

Le chemin plongeait dans une combe au fond de laquelle coulait un ruisseau. De l'autre côté, Lola aperçut un abri sous roche assez remarquable pour qu'un panneau pédagogique ait été installé devant. Elle bondit au-dessus du ruisseau, s'approcha du panneau. Il était sale, mais le texte était lisible. Une sorte d'anneau de pierre était percé dans la voûte. Cet abri sous roche, ou cluseau, en montrait un bel exemple. Lola le repéra au premier coup d'œil. Le panneau expliquait qu'il servait peut-être à ce qu'on y pende des peaux pour les faire sécher ou à y attacher les laisses des loups domestiqués.

L'auberge du Cluseau... Le nom venait d'ici. Pourquoi cet abri n'était-il pas entretenu comme les autres ? Lucie ne le lui avait jamais montré. Pourtant, Lola avait eu droit à la visite intégrale de Castelbouc, spécial VIP, avec cours de propulseur, d'allumage de feu et de fabrication d'arc en côte de bison.

– Qu'est-ce que tu fous ?

Lucie était revenue sur ses pas et venait de surgir à ses côtés. Elle avait les joues rouges et l'air furieuse.

– On s'arrache. Cet endroit pue la mort.

Entrée : tourin à l'ail. Plat : magret accompagné de pommes sarladaises.

Pour l'entrée, Lola fut chargée d'éplucher et de faire fondre les gousses d'ail dans la graisse d'oie. Éliane se chargea d'ajouter la farine, les jaunes puis les blancs d'œufs, le vinaigre, de remuer vivement le bouillon... Le tourin, plat simple en apparence, demandait un tour de main particulier.

Concernant le plat, l'apprentie hérita des pommes sarladaises pendant qu'Éliane faisait leur fête aux magrets.

De l'ail, encore de l'ail, toujours de l'ail. Si un vampire avait poussé la porte, il aurait pris ses jambes à son cou et laissé un avis détestable sur Internet.

En tout cas, la clientèle n'avait pas l'air malheureuse. Vingt couverts d'un coup ! Ils s'étaient donné le mot ou quoi ? Lucie n'en revenait pas. Elle volait de la cuisine à la salle, de la salle à la cuisine, pour faire le service, un sourire radieux aux lèvres.

– Y en a encore deux qui veulent déjeuner ! annonça-t-elle sur les coups de 13 h 30. Je leur dis quoi ?

Éliane, en sueur, s'épongea le front. Une heure qu'elle poêlait les confits, en récupérait le gras, les saisissait au bon moment pour obtenir une peau croquante et une chair goûteuse.

– On ne prend plus personne, trancha la patronne.

– Ouin ! Trop triste, surjoua Lucie.

Lola, concentrée sur ses pommes sarladaises, n'avait même pas levé la tête. Pas le temps. C'était le coup de feu !

Les choses se calmèrent petit à petit. Les clients repartirent ravis. Resta un couple d'Anglais, deux hommes. Ils interpellèrent Éliane alors qu'elle leur servait cafés et pousse-café.

– C'est bien ici que sera tournée cette programme ?

Éliane posa les armagnacs devant eux, s'essuya les mains sur son tablier.

– Je vois, comprit-elle. L'émission... Comment l'avez-vous appris ?

Un des Anglais se connecta avec son téléphone à l'Instagram du cuisinier-joueur-de-cornemuse le plus connu du PAF francophone. L'auberge du Cluseau était bien annoncée comme le lieu où serait tournée la finale de *Sur le Gril !*

– Je vais la tuer, murmura Éliane en pensant à Galina.

– Pardon ? réagit l'Anglais en reculant sur sa chaise.

Éliane lui adressa un sourire inquiétant et alla se servir un armagnac qu'elle avala cul sec. Lucie essuyait des verres. Lola sortit des cuisines avec la tête de quelqu'un qui vient de piquer un sprint.

– Ça va maman ? s'inquiéta Lucie.

– Je sais pourquoi on a eu autant de monde.

– Ah ?

– L'émission.

Éliane n'avait pas besoin d'être plus explicite. Lucie savait de quoi sa mère parlait.

– Ils vont tourner un épisode ici.

– Ici ? À l'auberge ?

Les Anglais se levèrent, réglèrent l'addition, partirent en regardant derrière eux, comme s'ils craignaient pour leurs vies. Éliane avait sa tête des mauvais jours, celle à faire fuir un dragon.

– C'est génial ?! s'exclama Lucie.

– Ton père n'aurait jamais accepté un tel barnum.

Lola écoutait et observait, en retrait. Elle comprenait qu'elle n'avait pas à suivre cet échange. Petite souris, elle se serait glissée dans un trou pour disparaître. En même temps, savoir que Bonneval viendrait au Cluseau lui faisait chaud au cœur. « Il y aura l'autre pétasse », se rappela-t-elle, modérant son enthousiasme.

– Papa nous a laissées tomber, affirma Lucie Bonneval.

Elle nettoya un dernier verre avant de faire claquer son torchon sur son épaule.

– Si tu veux suivre son exemple, tiens-moi au jus ! Parce que ce sera sans moi !

Lucie quitta la salle. Lola en profita pour l'imiter, d'une manière plus discrète. Éliane regarda partir les deux filles sans rien dire.

Lola passa la majeure partie de l'après-midi dans sa chambre. Lucie avait disparu. Éliane avait fermé l'auberge. Le téléphone sonna de nombreuses fois dans le vide. Et des véhicules firent demi-tour devant l'entrée du Cluseau, verrouillée à double tour. Éliane s'était confinée dans l'aile de l'auberge qu'elle occupait avec Lucie.

Sur les coups de 20 heures, Lola se fit un croque-monsieur en cuisine, regarda la télé dans la salle, puis monta se coucher. Elle était plongée dans un tuto vidéo sur la confection de makis quand quelqu'un frappa à sa porte. Elle ouvrit. Lucie se tenait sur le seuil. Lola s'effaça pour la laisser entrer.

Lola s'assit sur le bord de son lit, pensant que Lucie prendrait la chaise. C'était la première fois qu'elle venait la voir dans sa chambre. Mais Lucie resta debout, aussi raide que sa mère derrière le comptoir tout à l'heure.

– Mon père est mort il y a un peu moins d'un an.

La voix de Lucie ne tremblait pas. Lola ouvrit la bouche. Elle aurait tant aimé pouvoir dire quelque chose, la réconforter... Lucie l'arrêta d'un geste.

– Je ne veux pas de ta compassion. Je ne veux pas que tu sois désolée. Il a fait le choix de partir, sans nous appeler à l'aide.

Lucie inspira profondément, souffla comme lors d'un exercice respiratoire, comme si elle gérait des contractions avant d'accoucher.

– L'auberge avait gagné une étoile au Michelin et elle l'a perdue. Ça arrive. Pour papa, ce restaurant, c'était sa vie. Il ne l'a pas supporté. Il s'est suicidé.

Lucie serra les poings, interrogea quelque entité invisible présente dans la chambre.

– Je suis quand même pas en train de lui chercher des excuses ? Je suis trop conne...

Elle replanta ses yeux dans ceux de Lola.

– Tout ça pour te dire qu'une partie de ma mère est morte, qu'une partie de moi est morte, mais que moi, en tout cas, je veux vivre. Cette émission à la noix nous aidera à avancer.

Lucie se mordit les lèvres. Confidences et gentillesse n'avaient jamais été son fort. Mais fallait que ça sorte.

– Je voulais aussi que tu saches que ma mère t'aime beaucoup. Tu lui fais du bien. Tu *nous* fais du bien.

Lola se leva et prit Lucie dans ses bras. Lucie enlaça Lola à son tour après un moment d'hésitation. Les lèvres de Lola remuèrent contre le cou de Lucie qui crut comprendre : « Je suis avec toi. »

Lucie détacha Lola, reprit ses distances, sa morgue, son ironie de façade.

– Allez ! On n'est pas des lesbiennes. Enfin, toi, je sais pas. Mais moi, j'aime les mecs !

Lucie prit la fuite et ferma la porte derrière elle. Lola retourna à ses pensées aigres-douces. Elle était à la fois triste et fière. Triste pour Lucie et pour sa mère. Fière de les avoir comme amies.

GLACEZ LES LÉGUMES

Castagnol était né commercial. Depuis son plus jeune âge, il savait embobiner ses contemporains et en récolter les bénéfices. Cartes Pokémon au primaire. Vieilles consoles de jeux vidéo trouvées sur les vide-greniers et revendues aux collectionneurs quand il était ado. Adulte, il avait fait ses classes dans les fenêtres à double vitrage, puis les assurances, puis les voitures... jusqu'à l'Immobilier, la Mère Patrie.

Vendre des biens, il savait faire. Surtout dans ce coin du Périgord qu'il connaissait comme sa poche. Il avait la tchatche et la technique. Il connaissait les ruses du métier. Il tenait le haut du pavé et chapeautait le marché de prestige à cinquante kilomètres à la ronde autour des Eyzies. Le Brexit, avec la fuite des Anglais, avait ramené quantité de propriétés dans son portefeuille. Les citadins voulaient de l'espace après les confinements. Les taux pour emprunter étaient bas. Une période dorée.

Des affaires florissantes plus le fait qu'il n'avait ni femme ni enfants, seulement des amantes de passage dont il se débarrassait dès qu'elles s'avéraient un peu trop collantes et/ou en manque de maternité, pourraient vous faire penser que Castagnol était un homme comblé, de son point de vue. Alors qu'il montait la route en lacets menant au château du Périssou au volant de sa Porsche Carrera, il aurait dû être détendu, heureux, aucun nuage ne bouchant son horizon mental.

Ce n'était pas le cas.

Le ventre un peu trop replet de l'agent était noué, ses mains moites, sa bouche sèche. La Chinoise à qui il avait vendu le château l'avait convoqué. C'était bien le terme : convoqué. Pour cette affaire dont il était censé se charger. Castagnol avait des infos. Mais il n'en menait pas large. En clair, l'homme avait peur.

Il se gara en marche arrière sur le terre-plein gravillonné, comme s'il prévoyait déjà de s'enfuir. Il sortit de son bolide de quadragénaire coureur de jupons. Aucun artisan sur les échafaudages. Les travaux de rénovation étaient au point mort. Castagnol savait que madame Não avait congédié tous les ouvriers deux semaines plus tôt, sans explication. Le soleil brillait, mais l'ambiance était lugubre. D'ailleurs, remarqua-t-il, on n'entendait pas un seul chant d'oiseau.

Il prit son courage à deux mains, gravit le perron, fit sonner la cloche. L'espèce de golem qui servait de garde du corps à la sorcière ouvrit aussitôt, comme s'il était posté derrière la porte. Il s'enfonça dans le château. Castagnol le suivit, se rappelant ce jour où il avait été appelé chez le principal parce qu'il avait fait signer des reconnaissances de dettes à des petits camarades de collège, reconnaissances assorties de menaces si elles n'étaient pas honorées dans les temps. Résultat des courses : trois jours d'exclusion et une correction paternelle.

Madame Não était assise au milieu du grand salon, trônant dans un fauteuil à haut dossier aux motifs compliqués sans doute déniché dans un des greniers du château. Lunettes noires, costume chinois noir, doigts aux ongles noirs agrippés aux accoudoirs comme des serres, elle ressemblait à une divinité malfaisante. Le garde du corps – Bo, se souvint Castagnol – se plaça derrière le fauteuil. Au fond du salon, devant la cheminée : un congélateur dont le moteur ronronnait.

Une chaise était disposée en face de madame Não. Le convoqué s'assit sans qu'on l'y invite. La maîtresse des lieux prit la parole dans son anglais basique. Castagnol lui répondit sur le même mode. Pour ne pas trop écorcher vos oreilles, je vais essayer de retranscrire leur conversation dans un français à peu près correct.

– Je vous remercie d'être venu aussi vite.

– C'est toujours un plaisir de vous voir, madame.

Ce que l'expression de l'agent immobilier et l'odeur qui émanait de ses dessous de bras, tachant sa chemise coûteuse, contredisaient. Madame Não balaya une fumée invisible de la main, manière de dire : évacuons les amabilités.

Elle le tannait depuis le vol de sa truffe. C'était lui, l'homme du pays, qui connaissait tout le monde. S'il lui amenait une quelconque info pouvant la mettre sur la piste, il ne le regretterait pas. Autres ventes juteuses à la clé, recommandations auprès de ses amis milliardaires qui ne demandaient qu'à investir dans le Périgord...

– Vous m'avez dit avoir avancé. Je vous écoute.

Il avait avancé, oui. Il avait eu le malheur de le lui faire savoir. « Elle est complètement maboule », se dit-il. Une vision lui traversa l'esprit : celle de la Chinoise sortant du congélo comme un mort de son cercueil.

– Parlez !

Castagnol se ratatina sur sa chaise.

– Je pense avoir identifié le voleur.

Elle arqua les sourcils. Nouveau geste de la main, circulaire, pour inciter Castagnol à développer. Après tout, se dit l'agent avec lâcheté, tant pis pour l'abruti qui s'était mis dans le pétrin.

– Roméo, le pâtissier des Eyzies. Il essaie de vendre la truffe au marché noir. Jusqu'à présent, il a échoué.

Elle leva la main. Bo se pencha vers elle. Elle chuchota quelque chose à son oreille. Le cerbère quitta le salon sans un bruit. Castagnol voulut se lever.

– Vous, restez ici.

– J'ai des rendez-vous.

– Annulez.

Castagnol pouvait mettre les voiles. Cette bonne femme ne pesait pas plus de cinquante kilos. Il avait quelques restes de ses années de boxe. Mais l'agent immobilier se doutait que l'autre était parti chercher le pauvre Roméo qu'il venait de dénoncer, qu'il allait le ramener ici, au Périssou. Il ne pouvait se défausser. S'il arrivait quelque chose au gamin...

Cette réaction contre nature pour notre Castagnol m'inspire une réflexion : ne négligeons pas les personnages secondaires. Ils sont aussi, voire plus importants que ceux créés pour être en pleine lumière. Sherlock ne serait rien sans Watson. Pareil pour Frodon qui, sans Sam Gamegie, n'aurait pu vaincre Sauron. Castagnol ne comptait pas devenir un héros. Si une guerre éclatait, il se voyait plutôt du côté de l'ennemi. Après tout, l'argent n'a pas d'odeur, n'est-ce pas ? Il se trompait. La situation dans laquelle il était empêtré allait lui en apprendre beaucoup sur lui-même. Il n'est jamais trop tard, vous me direz...

Bo revint accompagné au bout de vingt minutes durant lesquelles Castagnol et madame Não n'avaient pas échangé un mot. L'agent, de plus en plus nerveux, textotait. La Chinoise, elle, resta parfaitement immobile dans son fauteuil. Quand le garde du corps réapparut, Castagnol fit mine d'éteindre son téléphone et de le ranger dans sa poche de pantalon.

Roméo n'en menait pas large. Bo l'avait violemment arraché à la pâtisserie. Le jeune homme avait une arcade sourcilière ouverte, la figure en sang. Castagnol eut la confirmation que ces deux tarés ne plaisantaient pas.

Bo agenouilla un Roméo tremblant de tous ses membres entre Castagnol et sa patronne. Le pâtissier adressa un regard suppliant au premier, n'osa regarder la seconde. La Chinoise eut un mouvement de tête en direction de l'agent immobilier, manière de dire : « À vous de jouer. » Castagnol renifla, s'éclaircit la voix, se tourna vers Roméo, et prit son ton le plus doux, celui qu'il utilisait pour amadouer un acheteur hésitant.

– Tu ne dois pas avoir peur. On a juste quelques questions à te poser.

– Il m'a fracassé le crâne contre une de mes vitrines ! explosa Roméo. Putain ! Je me barre ! Je vais chez les flics !

Il n'eut pas le temps d'esquisser le moindre geste. Bo lui assena un coup de poing à l'épaule, lui brisant la clavicule. Roméo hurla. Le colosse mit un doigt sur ses lèvres. Roméo gémit. Il pissait toujours le sang. En voyant les gouttelettes sur ces belles tomettes claires du seizième siècle, Castagnol se dit que les taches seraient dures à faire disparaître pour la revente. Puis, l'humain reprit le dessus. Il se pencha vers Roméo.

– Tu as volé le diamant noir à madame Năo, n'est-ce pas ?

Roméo acquiesça. Il pleurait. Ses larmes, sa morve se mêlaient à son sang. Castagnol jouait son rôle. Mais le feu de la rébellion venait de s'allumer en lui. Il continua, histoire de gagner du temps, traduisant en anglais, au fur et à mesure.

– Comment tu t'y es pris ?

– Y a... un souterrain. La cave était pas fermée.

– Demandez-lui où est ma truffe, ordonna la Chinoise.

Castagnol obéit. Roméo se tut. Madame Não se leva et se pencha à son tour sur le garçon. Son visage déformé par la folie se trouvait à une vingtaine de centimètres de celui de Castagnol, qui prit sur lui pour ne pas reculer.

– Demandez-lui s'il avait un complice.

Roméo essaya d'esquiver. Il en avait un, oui. Il voulait le protéger. Le ou la. Il ne lâcha aucun nom. La Chinoise saisit un cheveu sur l'épaule de Roméo, parfaitement visible sur sa blouse de travail, blanche, entre deux giclées de sang. Elle l'étudia dans la lumière avant de l'entortiller autour de son index. Le cheveu était rouge.

– Traduisez bien ce que je vais lui dire.

Elle releva ses lunettes sur son front, saisit le menton poisseux du jeune homme, le força à la regarder dans les yeux.

– Tu t'es blessé en tombant contre ta vitrine, un accident.

Elle le força à acquiescer, manipulant la tête du jeune homme comme on manipule celle d'un pantin.

– Tu es pâtissier, c'est ça ? Que trouve-t-on dans une pâtisserie ?

Elle se tourna vers Bo, qui haussa les épaules, puis vers Castagnol, blafard.

– Des fours ! Bien sûr ! Tu peux aussi te brûler. La main, le bras. Accident professionnel. Ça arrive tous les jours.

Castagnol traduisit. La Chinoise jeta un coup d'œil à la cheminée sculptée du temps de François Ier, à l'attirail de pinces en métal. Une flambée y mourait. Mais les braises étaient vives. Elle serra sa prise sur le menton de Roméo, qui geignit.

– D'abord tu vas répondre à ma question : encore une fois, qui est ton complice ? Après, tu me diras où est mon talisman.

– Ne me faites pas de mal. Je vous en supplie.

Bo marcha vers la cheminée, fouilla la braise avec une pince en métal, revint avec un morceau de charbon rougeoyant. Le jeune homme écarquillait les yeux, paniqué.

– Assez ! s'exclama Castagnol.

Il s'était levé et avait reculé de trois pas. Il sortit son téléphone, exécuta une manipulation rapide, l'exhiba comme s'il s'agissait d'un détonateur.

– J'ai tout ! C'est enregistré ! Et je l'ai envoyé sur ma boîte mail ! Laissez ce gamin tranquille ! Toi, viens ici !

Roméo se redressa précipitamment et se cacha derrière l'agent immobilier. Bo, sa pince à la main, n'attendait qu'un ordre de sa maîtresse.

– Intéressant, jugea madame Não.

Castagnol avait bien enregistré l'interrogatoire, mais sa poche de pantalon avait étouffé le son. Le fichier était inutilisable. Et il n'avait pas eu le temps de l'envoyer sur sa boîte mail. Il continua, néanmoins.

– Nous allons sortir… vous allez nous laisser partir. Si vous tentez quoi que ce soit, une de mes collaboratrices trouvera l'enregistrement et le communiquera à la police. Compris ?

La Chinoise se tenait debout à côté de son garde du corps. Un ordre et il les assommait, les balançait au fond du puits dans la cour du château, coulait du béton par-dessus s'il le fallait. On ne les retrouverait jamais.

Castagnol et Roméo avaient atteint le seuil du salon. Madame Não constata simplement :

– Vous avez pris la mauvaise décision.

L'agent immobilier poussa le pâtissier jusqu'à l'extérieur, le jeta presque dans sa Porsche.

Não et Bo regardèrent le bolide descendre la route en lacets, rejoindre la départementale, disparaître derrière un virage. Ses rugissements furent encore audibles quelques secondes.

– Il va alerter la police, affirma Bo.

– Sûrement.

La Chinoise contempla ce paysage une dernière fois... avant de se crisper. Le mal lui enfonçait des aiguilles en métal derrière les yeux. Bo aurait voulu l'aider, la soulager, chasser la douleur à coups de poing, la prendre pour son propre compte.

– Je vous sauverai, promit-il, chevaleresque.

La douleur reflua. Madame Não parvint à ouvrir les yeux, respira de nouveau normalement.

Elle déroula le cheveu. Ils avaient retrouvé le même sur les lieux du crime, dans le congélateur.

Bo comprit ce qu'elle avait en tête. La Chinoise tira le cheveu entre deux doigts aux ongles noirs et le cassa comme on brise une ligne de vie.

METTEZ LA VIANDE À DESSALER

Les cinq rescapés de la brigade formaient un demi-cercle serré face à Galina Ketling, dans le restaurant d'application du lycée Bonneval. On aurait dit les membres d'un commando écoutant les recommandations de leur chef avant de passer à l'action.

– Dates et lieux ont été choisis, laissa tomber le Bosco. La première manche sera tournée dans les Pays de la Loire. Trois équipes de deux élèves dont la vôtre. Rendez-vous au 10 avril.

– Le jour de mon anniversaire ! s'exclama Louna.

Des mines lasses se tournèrent vers la star du moment. Elle serait la candidate de la 2ProC1. Louise était restée loin derrière lors des épreuves éliminatoires imposées par le Bosco depuis le retour des vacances d'hiver.

De toute façon, Louna voulait trop passer à la télé pour que qui que ce soit puisse l'en empêcher.

– Pour une fois, reprit Ketling, ce sera du direct.

Louna pâlit. La cheffe reprit le programme des festivités à venir.

– Si notre binôme franchit ce stade, nous irons en demi-finale dans le Pays basque une semaine plus tard. Les deux équipes travailleront sur un programme imposé lié à la cuisine locale. Comme pour la première émission. Le mois qui vient, je vous préviens, vous allez manger du terroir.

Medhi sourit intérieurement. La bonne cuisine française, c'était son dada. Il serait peut-être le candidat masculin. Le Bosco n'avait pas réussi à les départager, lui et Mattéo. Un duel en cuisine était prévu dans quelques minutes pour régler ce « détail ».

– Où aura lieu la finale ? demanda Mattéo.

– À l'auberge du Cluseau.

Ketling étudia les réactions. Les cinq savaient que Lola avait été exilée dans cet endroit précisément. Lola qui aurait dû participer à l'émission. Lola qui, avec son talent, aurait dû éclipser Louna. Le Bosco n'avait pas à se justifier. La production avait fait son choix, avec son aide, pour le dernier lieu qui, avec son côté vieille France – lambris et nappes Vichy –, les avait totalement conquis.

La cheffe montra une pièce de un euro, la cacha dans une main, plaça les mains derrière son dos.

– Mattéo ? Medhi ?

Les interpellés comprirent ce qu'on attendait d'eux.

– Gauche, choisit Medhi.

La cheffe montra sa main gauche, la bonne. Elle remit la pièce dans sa poche.

Medhi se gratta le crâne. Il avait gagné le droit de choisir la nature de l'épreuve qui les départagerait, son ami rival et lui-même. Qui serait sous les feux de la rampe ? Qui deviendrait le gars le plus populaire du lycée Bonneval pour les années à venir ?

– Qu'est-ce que tu proposes ? s'impatienta le Bosco.

– Mayonnaise, décida Medhi.

Tous de savoir à cet instant précis, l'intéressé y compris, que Mattéo n'atteindrait pas les hauts plateaux de la célébrité télévisuelle.

Mattéo avait décidé de faire du stop. Au bout de deux kilomètres de marche à reculons au bord de la départementale, pouce dressé, il fut pris par un spécialiste de la préhistoire qui se rendait dans une cavité où venaient de sévir des fous de Dieu. Les adorateurs d'Adam et Ève avaient découpé à la disqueuse thermique une figure anthropomorphique datant du paléolithique supérieur, soit entre 45 000 et 12 000 avant Jicé. Incompatible avec la Genèse du Monde telle que racontée par la Bible, à savoir que la planète, les plantes et les zanimos, nous y compris, ont été créés en six jours il y a six mille ans, qu'on se le tienne pour dit !

– Ils sont malades ! jugea Mattéo.

Le spécialiste se contenta de soupirer avant de déposer l'auto-stoppeur en bas de la route qui menait à l'auberge du Cluseau. Samedi, 11 heures du matin, songea le jeune homme en grimpant le raidillon. Mattéo vient voir Lola. Et il ne sait pas pourquoi. Pour s'excuser ? De quoi ? Il ne l'a pas trahie.

Leur histoire s'était terminée avant d'avoir commencé ? Soit. Il avait juste envie de la voir. Le fait d'avoir échoué à l'épreuve de la mayo y était aussi pour quelque chose. Medhi participerait à l'émission avec Louna. Mattéo était libéré, libre de rendre visite à Lola Mons.

L'entrée de l'auberge apparut. Mattéo marqua un temps d'arrêt, refit son examen de conscience. OK. Il avait eu le béguin pour Lola. L'Opinel ? Une tradition familiale. Il aurait aimé qu'elle montre ses sentiments pendant les vacances de Noël. Mais elle était restée distante. Il s'était planté. Tant pis pour celui qui n'était même pas fichu de monter une mayonnaise...

Le jeune homme poussa le portillon. Il y avait de la lumière dans l'auberge. Il mit la cloche en branle pour signifier sa présence.

Alors que Mattéo était déposé au pied de la montée, Lola finissait d'éplucher trois kilos de carottes. Éliane avait ajouté une ratatouille maison au menu du midi. Hâte d'être au printemps, avait-elle confié à son apprentie avant de l'envoyer prendre sa pause. Lola passa derrière le comptoir, se remplit un verre d'eau.

Lucie, qui s'était refait une teinture rouge pétante – « Expression de ma colère », avait-elle expliqué avec la mine adéquate –, lisait la presse locale au comptoir. Une page entière était consacrée à cette Chinoise qui avait acheté la fameuse truffe pendant la vente de bienfaisance. La photo qui illustrait l'article avait été prise à cette occasion. Elle ne souriait pas. Un ours humain descendu des montagnes de Chine se tenait à côté d'elle.

Lucie leva le nez. Elle avait l'air fatiguée. Soulagée aussi, bizarrement. Elle portait un poids depuis plusieurs jours. Lola aurait mis sa main à couper que ce poids venait de lui être retiré.

Avec l'accord tacite de Lucie, elle tourna le journal pour lire l'article intitulé : *Mais où est passée la mystérieuse madame Não ?* Les gendarmes, après avoir été alertés de manière anonyme, s'étaient présentés au château du Périssou trois jours plus tôt pour entendre la millionnaire dans le cadre d'une affaire de trafic de matières illicites. Il n'était pas question de stupéfiants mais de produits aphrodisiaques à base d'espèces animales protégées.

Aucune trace de ces produits n'avait été trouvée dans le château. Aucune trace de madame Não non plus, d'ailleurs. Elle et son garde du corps s'étaient volatilisés. Le Périssou avait été mis sous scellés sur décision du préfet et la police aux frontières prévenue. On soupçonnait la femme d'affaires d'être déjà retournée dans son pays en sentant que ses magouilles en France tournaient au vinaigre.

La cloche du portillon choisit ce moment pour se manifester. Lucie et Lola se retournèrent pour voir approcher une silhouette derrière la baie vitrée. Lola reconnut Mattéo. Elle constata que son cœur ne s'emballait pas, en fut à peine surprise. Par contre, elle sortit les griffes.

– J'imagine que c'est pour toi, lança Lucie en voyant le visage fermé de Lola. Je vous laisse. Je vais donner un coup de main à ma mère.

Pas facile de parler avec quelqu'un qui ne parle pas. De surcroît quand ce quelqu'un est hostile. Je n'aurais pas aimé être à la place de Mattéo quand il s'assit face à Lola qui, sans qu'elle sache pourquoi, était en colère. Mattéo ne l'avait pas trompée.

– Ça a l'air d'aller... Je venais prendre de tes nouvelles... Le Bosco nous en donne, mais sans rentrer dans les détails. Et comme tu ne réponds pas aux messages...

Lola n'avait pas fermé la conversation de groupe mais elle ne s'y était pas connectée depuis son passage chez le proviseur.

– Je voulais te dire... on sait que c'est pas toi. Et le Bosco aussi. J'en suis sûr.

Lola haussa un sourcil, manière de dire : Pour ce que ça change...

– Enfin, tu as l'air bien ici.

Mattéo apprécia la salle de restaurant d'un coup d'œil avant de reporter son attention sur les condiments posés au centre de la table. « Pourquoi je me suis mis dans cette galère ? » se morigéna-t-il.

– Louna et Medhi vont nous représenter à l'émission. J'étais à « ça » d'être retenu.

Il montra un micron d'espace entre le pouce et l'index.

– Medhi a fait sa mayonnaise.

Mattéo leva les bras au ciel, théâtral.

– C'est pourtant pas compliqué ! Un œuf, de la moutarde, du sel... Mais faut le coup de main. Quand le Bosco a planté sa cuiller dans ma mayo, elle est tombée lamentablement.

Mattéo mima le geste, sans se rendre compte de l'équivalence sexuelle misérable. Lola ne le quittait pas des yeux. « Si elle pouvait me lancer des éclairs, elle n'hésiterait pas », se dit-il.

Lola plaqua deux objets sur la table : le couteau qu'il lui avait offert pour Noël et la pièce anglaise trouvée dans une rainure du plancher.

Mattéo considéra l'un et l'autre, s'interrogea – comptait-elle lui rendre son cadeau ? Devait-il prendre la pièce ? C'était à elle de la lui donner, pour sceller leur amitié, pas à lui de la prendre ! – et soutint enfin le regard de son ancienne camarade.

– Qu'est-ce que tu veux, toi, Lola ?

« J'aurais voulu que tu attendes et que tu oses, que tu me serres juste dans tes bras et m'embrasses avec passion, songea Lola, empêtrée dans ses contradictions. J'aurais voulu que tu me rassures », aurait-elle aimé lui dire. Si elle avait pu. Les larmes lui montèrent aux yeux, elle les retint à grand-peine.

Certains personnages secondaires, je l'ai dit, font des choix étonnants, voire héroïques. D'autres fuient pour sauver leur peau. Altruisme. Égoïsme. Un combat de tous les temps.

Mattéo se leva, faisant crisser les pieds de sa chaise sur le carrelage.

– Je n'aurais pas dû venir.

Il attendit, malgré tout. Rien.

Mattéo sortit de la salle de restaurant, laissant derrière lui une pièce, un couteau, et une jeune fille qui, après avoir réussi à refouler ses larmes, se fit la promesse de ne plus tomber amoureuse, jamais. En tout cas pas comme ça. Pas en ayant si peur.

Lucie avait suivi la scène depuis l'oculus de la porte de service donnant sur la cuisine. Elle dénoua son tablier, le jeta sur son épaule, s'assit à la place de Mattéo. Elle avait l'air soucieuse, Lucie Bonneval. Mais son sourire et ses mains réchauffèrent Lola.

– Vas-y. Ouvre les vannes.

Lola obéit. Elle pleura.

Il y eut le service de midi. Puis le nettoyage et le rangement. Enfin, le service du soir. Alors qu'elle récurait les casseroles, Lola sentit la nausée la submerger. Elle laissa son travail en plan, se précipita aux toilettes, s'agenouilla au-dessus de la cuvette. Rien ne vint. Mais des frissons la parcouraient. Elle avait mal partout. Éliane, qui lui parlait de l'autre côté de la porte, avait peur. Lola savait pourquoi. Si elle avait le Covid, mère et fille seraient cas contacts et l'auberge fermée pour raisons sanitaires.

– Tu veux que j'appelle tes parents ?

« *Ça va, Éliane. Ne t'inquiète pas. Je vais me coucher. La journée a été dure.* »

– Tu veux un bouillon ? Une aspirine ?

« *Juste fermer les yeux et dormir.* »

Lola était épuisée. À cause de son entrevue avec Mattéo ? Entre autres. Quelque chose couvait en elle, un œuf de noirceur enfoui sous une couche de cendres depuis trop longtemps. L'œuf avait décidé d'éclore.

Elle s'enferma dans sa chambre et s'allongea sur le lit tout habillée, ne retirant que ses chaussures. Le sommeil l'attrapa… et la rejeta. Elle ouvrit les yeux. Elle n'était plus dans l'auberge du Cluseau mais dans un mobil-home. Dans LE mobil-home. Elle n'avait plus seize mais dix ans. Ses parents dormaient à côté avec les petits frères. Elle avait une chambre pour elle toute seule.

Elle se souvenait avoir bataillé pour cette chambre, à leur arrivée. Elle réclamait un endroit à elle. La fenêtre donnait sur un pré où broutaient vaches, veaux et taureau. Les bêtes aussi dormaient. Tout le monde, à cette heure, aurait dû dormir.

Le mobil-home avait deux portes donnant sur l'extérieur. Une pour le salon où s'entassaient quatre Mons, une pour la partie salle de bains/chambre de Lola. Cette deuxième porte n'était pas fermée à clé. Pourquoi l'aurait-on fermée, d'ailleurs ? Le camping installé au bord d'une rivière était un petit paradis. Qu'aurait-il pu arriver ici, à l'abri des misères du monde ?

Lola entendit quelqu'un ouvrir la deuxième porte et la refermer avec un luxe de précautions. Dans l'autre partie du mobil-home, Marc ronflait.

Elle aurait pu crier, appeler à l'aide. Elle était tétanisée. La poignée de sa porte de chambre bougea, la porte s'entrouvrit. Un homme qu'elle n'avait jamais vu, pas même croisé au camping, passa la tête dans la chambre, découvrit la fillette assise dans son lit.

Du haut de ses dix ans, Lola savait ce que certains adultes font aux enfants. Les infos que ses parents éteignaient rapido étaient là pour le lui rappeler. Le règne humain, comme le règne animal, se partageait entre proies et prédateurs. La différence étant que les animaux chassaient pour subsister, pas pour faire du mal.

Mais l'intrus n'était pas animé d'intentions de cet ordre. Un paumé qui zonait dans son fourgon, garé plus haut, en dehors du camping, à côté des containers à poubelles. Il changeait tout le temps de coin, visitait les campings la nuit, volant ce qu'il pouvait.

Marc s'était mis à ronfler plus fort. Peut-être avait-il senti la menace. L'inconnu se pencha sur Lola et, mettant un doigt sur ses propres lèvres, il lui ordonna :

– Tais-toi et oublie-moi ou je reviendrai m'occuper de toi.

Avant de sortir de la chambre et du mobil-home.

Lola avait rassemblé tout son courage pour se lever, boucler le cabanon à double tour, tirer le loquet de sa porte de chambre, se glisser sous son drap. Contre toute attente, elle avait réussi à se rendormir.

Le matin, elle avait eu du mal à se réveiller et tardé à rejoindre ses frères, son père, sa mère, la cérémonie du petit déjeuner. Elle se rappelait vaguement qu'il lui était arrivé quelque chose durant la nuit. Ou bien était-ce un cauchemar ? Au plus profond d'elle-même, un ordre s'était imprimé, avait été gravé en lettres de feu sur son cerveau. Un ordre qu'elle devait respecter, à tout prix. Pour rester en vie.

« Tais-toi. Oublie-moi. »

Lorsque Nathalie demanda à sa fille ce qu'elle voulait faire aujourd'hui – baignade, canoë, randonnée... –, Lola ouvrit la bouche pour répondre : « Les trois ! »

Mais rien ne sortit.

Maintenant, vous savez pourquoi.

RENDEZ-VOUS EN FORÊT

1. Rendez-vous en forêt deux jours après la pluie. Si vous avez du nez, de la chance et un bon sens de l'observation, vous dénicherez six à huit cèpes que vous rapporterez à la maison dans un sachet en papier ouvert, sinon ils seront pourris en arrivant... Comme Tic et Tac, couverts de boue de la tête aux pieds après la moindre sortie.

2. Préparez les cèpes. Parez-les, enlevez les saletés, nettoyez-les avec un Sopalin humide. Découpez-les. Réprimandez Tic et Tac qui ont décidé de jouer avec la mallette à couteaux de Lola.

3. Coupez votre poulet de Bresse en huit morceaux.

4. Versez de l'huile d'olive dans une cocotte. Ajoutez du beurre, plus ou moins, selon votre côté normand.

La cocotte bien chaude, faites revenir les morceaux de poulet côté peau. Une fois les morceaux dorés, réservez.

5. Ajoutez un oignon blanc en lamelles. Remettez les morceaux de poulet, mouillez avec un verre de vin blanc, buvez une lichette au passage si vous avez plus de dix-huit ans.

6. Laissez mijoter une demi-heure.

7. Inquiétez-vous au sujet de Tic et Tac, trop silencieux à votre goût. Cherchez-les dans les étages, sans les trouver. Appelez-les à l'extérieur, avec toujours aussi peu de succès. Tendez l'oreille. Un double murmure étouffé vous parviendra de la terrasse. Découvrez les deux énergumènes coincés dans le hamac qui, à force d'avoir tourné sur lui-même, les a piégés comme deux papillons dans la même chrysalide.

8. Libérez-les... ou laissez-les dans cette situation inconfortable.

9. Revenez en cuisine. Faites sauter les cèpes dans un mélange beurre/huile d'olive. Versez dans la cocotte.

10. Au moment de servir, ajoutez deux cuillerées de crème fraîche épaisse. Assaisonnez.

11. Accompagnez d'une purée de céleri.

On avait exclu Lola du lycée, de la brigade, de *Sur le Gril !* C'était le soir de la première manche. Pour le dîner, elle avait cuisiné un des plats préférés d'Éliane Bonneval, une fricassée de poulet aux cèpes. Les Mons étaient à table, la télévision allumée, mais le son en sourdine.

« *Alors, ça vous plaît ?* » écrivit Lola sur son téléphone.

– Délicieux.

– On se régale.

– Les champignons, ils sont dégueu.

– Beuark.

Même si elle avait affirmé le contraire une heure plus tôt, Lola voulait regarder l'émission. Elle avait passé cinq mois avec Louna et Medhi. Elle savait que Louise, Georges et Mattéo seraient dans les coulisses avec Galina Ketling. Un joueur relégué sur le banc de touche suit le match comme s'il y participait. Lola était dans le même cas de figure.

Elle sauça son assiette, n'y tint plus, s'empara de la télécommande, remit le son. Marc et Nat sautèrent de la table au canapé avec une vigueur étonnante pour leur âge, coiffant les monstres au poteau qui durent s'installer à cheval sur les accoudoirs. Vanvan, comme l'appelait Marc pour se moquer gentiment – il lui aurait servi du monsieur Yvan Keredec s'il l'avait vraiment eu en face de lui – s'invita dans leur salon. L'émission reprenait après une coupure publicitaire.

– … Nous sommes de retour à Courgains, au restaurant La Marmite, en direct. Comme vous le savez, trois équipes de deux apprentis venant de trois lycées hôteliers s'affrontent pour cette première sur un plat typique de la Sarthe, splendide département rural même s'il est un peu loin de l'océan à mon goût : la marmite sarthoise !

– Faudrait me payer pour y vivre, dans la Sarthe, maugréa Marc.

Nat lui donna un coup de coude dans les côtes.

– À ma gauche, Max et Julia, du lycée hôtelier Séverac d'Épernay !

Les susnommés taillaient le lapin et le jambon, concentrés.

– À ma droite, Vlad et Jade, du lycée hôtelier Hermelin de Vincennes. Ils sonnent bien, vos prénoms !

Keredec se plaça derrière eux.

– Vous faites quoi ?

– On coupe le chou et les pommes de terre, chef ! répondit Vlad.

– Vous savez qu'il vous reste moins de quarante minutes ?

– Oui chef ! fit Vlad.

Keredec afficha une moue sceptique avant de présenter le troisième duo à ceux qui prenaient l'émission en route.

– Louna et Medhi du lycée Bonneval. Voyons voyons... Comment ils s'en sortent, nos apprentis cuisiniers ?

Lola se pencha en avant, pour ne rien rater.

Louna et Medhi avaient pris de l'avance. Les légumes cuisaient déjà à la vapeur. L'un farinait les morceaux de poulet et de lapin pendant que l'autre faisait chauffer de l'huile dans une poêle.

– Sous contrôle ? voulut savoir Keredec.

– Sous contrôle, chef ! assura Louna.

– Bon-ne-val ! Bon-ne-val ! se mit à scander Marc, supporter malgré lui.

Lola avait les doigts enfoncés dans le cuir du canapé.

Keredec, suivi par les caméras, emmenait le téléspectateur dans un autre coin du restaurant. La ministre du Travail avait fait le déplacement. C'était le moment promotion des filières culinaires et, plus largement, de l'apprentissage injustement dénigré en France, patrie de l'Intellect. On recrutait dans un maximum de secteurs, en cuisine notamment. Même si les métiers de bouche avaient été durement touchés par les restrictions. Keredec raconta son parcours, la larme à l'œil.

– Séquence émotion, railla Marc.

Lola se leva pour se rendre dans l'arrière-cuisine. Elle se connecta à son groupe. Louna était neutralisée, séparée de son appendice sans fil le temps de l'émission. Tant mieux. Elle inspira, écrivit sans réfléchir :

« *Ils se débrouillent pas mal, non ?* »

Réponse immédiate de Georges :

« *Louna est tendue comme un string. Medhi a laissé sa grande gueule au vestiaire. Sinon, ils assurent. Tu es où ? Au Cluseau ?* »

« *Chez mes parents.* »

« *Les petits frères, pas trop pénibles ?* »

Lola ne se souvenait pas d'avoir parlé de Tic et Tac plus que ça à Georges, même s'ils l'avaient taquiné à la fête de la Truffe. Lui avait-elle raconté sa vie lors du feu de camp ? Elle chassa le souvenir, dérangeant.

« *Empoisonnement plus fratricide, j'en prends pour combien... Vingt ans ?* »

La réponse mit quelques secondes à tomber.

« *Évite. Envie de te revoir. Libre.* »

Ouf ! fit Lola en s'adossant au frigo comme si on lui avait donné un uppercut au plexus solaire. Georges avait dû se faire violence pour sortir un truc pareil. Au moins, il y allait. Mais côté Lola, les garçons, pour le moment, c'était Niet. Elle renvoya juste :

« *Salue le Bosco de ma part.* »

Elle effaça l'échange avant de se déconnecter.

Retour à la case canapé. La Spéciale Apprentis continuait sur sa lancée. Les caméras sautaient d'un binôme à l'autre. La marmite sarthoise n'était pas si simple à cuisiner, il fallait déglacer avec le vin blanc, doser le fond de veau et la crème, faire mijoter le temps voulu pour que les légumes prennent bien la saveur de la viande. Keredec goûtait, commentait, encourageait, engueulait :

– On sent pas les champignons ! avoina-t-il les champions de Séverac, ces derniers piquant un fard. Vous nous faites une marmite martienne ou quoi ? On dirait de la bouffe de cosmonaute !

Hermelin fut aussi le jouet d'une des manipulations dont le chef était friand, tel un examinateur du permis de conduire qui prend un malin plaisir à pousser le concurrent à la faute. Jade avait versé la moitié du fond de veau sur les légumes. Elle hésitait pour le reste. Keredec prit son temps pour goûter et jugea, impassible :

– À mon humble avis, ça manque de bouillon. Vous devriez en rajouter.

Les apprentis de Vincennes de s'interroger à voix basse, la fille avec le verre doseur en suspens au-dessus de la marmite, se demandant si c'était du lard ou du cochon. Elle prit la bonne décision, retint son geste, posa le doseur.

– C'est bien, moussaillon, félicita Keredec.

– Arrête de les martyriser, Yvan ! lança Marc. Ou j'appelle *Apprentis en danger* !

Lola se dit qu'il aurait pu composer le numéro d'urgence pour sa propre fille. Elle garda cette réflexion pour elle.

Le verdict tomba après une énième pause publicitaire. Keredec avait épargné Bonneval. Mais cela ne voulait rien dire. D'autant plus que Louna avait ajouté de l'huile de noix, de son côté, sans demander son avis à Medhi. Ce dernier avait cherché l'approbation du Bosco, hors caméra. Mais c'était trop tard.

– Bien, bien, bien !

Les trois marmites avaient été posées sur une grande table en chêne. Attablés : le patron de l'auberge, les éleveurs et maraîchers qui avaient fourni les matières premières, la ministre. Keredec retroussa ses manches et fit lui-même le service, déposant des portions congrues de la première marmite, celle de Séverac, dans chaque assiette. Les Mons, comme des centaines de milliers de familles, salivaient par procuration.

Chaque juré y alla de son commentaire, certains prenant des notes, avant de goûter à la deuxième marmite, celle du lycée Hermelin. Les grimaces ne laissèrent aucun doute. Un truc clochait.

– Trop salé, jugea l'aubergiste avant d'avaler un grand verre d'eau.

Gros plan sur Jade qui retenait ses larmes. Keredec soupira et passa à la marmite sarthoise sauce Bonneval. Hochements de tête appréciateurs, murmures et bruits de bouche.

– Yes ! exulta Marc.

– Huile de noix ? voulut savoir le chef en s'adressant à Louna et Medhi.

Louna acquiesça, les joues écarlates de plaisir. Deux vraies pommes d'amour !

Le moment du vote était venu. Chaque goûteur avait son boîtier à commande électronique pour attribuer une couleur – vert, orange, rouge – à chaque marmite.

– Ils l'ont piqué à *Ze Voice* ! grogna Marc qui disait détester les émissions de télé-réalité.

En réalité, il enrageait. Lola aurait vraiment dû être à la place de cette princesse de Louna. Il frotta le dos de sa fille qui se cala contre son père.

Le verdict tomba, sans grande surprise : Hermelin éliminé. Séverac en deuxième position. Bonneval en haut du podium. La voie royale pour la demi-finale !

Louna sauta au cou de Medhi qui, bizarrement, restait stoïque. On aurait dit qu'elle venait de gagner une semaine de vacances à Abu Dhabi, jet-ski, shopping et ski sur pistes climatisées à volonté.

– C'est le plus beau jour de ma vie ! pleurnicha-t-elle tout en cherchant la caméra. En plus, aujourd'hui, c'est mon anniversaire !

Le chef rétorqua par un « Bon anniversaire, alors » qui n'avait rien de chaleureux. Lui non plus n'appréciait pas qu'on en fasse des tonnes.

Cette fois, c'était toute la famille Mons qui était affligée. Louna utilisa ses mains comme éventails pour se faire de l'air. « On respire, on se calme », réclama Keredec.

Louna cessa immédiatement son cirque et adopta une posture de petite fille modèle qu'on vient de surprendre le doigt dans le pot de confiture. Le chef s'offrit le luxe de ne rien dire pendant dix longues secondes, une éternité à la télévision. Capter l'attention par le silence : un fondamental.

– Séverac et Bonneval, vous vous affronterez la semaine prochaine sur une de mes terres de cœur, le Pays basque. Aujourd'hui, vous vous en êtes bien sortis. Mais je vous préviens, pour la deuxième manche, je ne me contenterai pas de votre prestation de ce soir. Je veux de la passion ! Je veux ce qu'il y a de meilleur en vous ! Ne me décevez pas !

– Oui chef ! répondirent les quatre, galvanisés.

Le générique de fin fut lancé. Keredec alla réconforter les perdants, imité par les autres apprentis. Lola éteignit la télé sans rien demander à personne.

– Wouaoeh ! se révolta Bruce, inventant un cri pas encore homologué, sur Terre en tout cas.

Tic n'aimait pas qu'on éteigne la télé. Tac non plus. Cela aurait dû être inscrit dans la charte des droits de l'enfance de Tic et Tac du conseil de sécurité familial. Article 1 : Personne ne tape / n'a le droit de taper sur nous, à part nous-mêmes. Article 2 : Personne n'a le droit d'éteindre la télé, à part nous.

Lola jeta la télécommande sur le côté du canapé et monta se coucher.

– Elle est triste, notre Lola, constata Tic, résumant parfaitement la situation.

HACHEZ LA CHAIR GROSSIÈREMENT AU COUTEAU

« *Axoa.* »

Georges venait de révéler à Lola, en exclusivité, le plat imposé aux apprentis des lycées Séverac et Bonneval pour la deuxième manche de *Sur le Gril !* qui se déroulerait le lendemain, au Fronton, une célèbre auberge du Pays basque.

« *Miam !* » répondit-elle avec un smiley en train de se lécher les babines.

Georges de surenchérir avec un GIF montrant un sumo avalant une plâtrée de spaghettis gargantuesque. Lola envoya trois smileys éclatant de rire. Elle et Georges échangeaient par SMS. Adieu la conversation de groupe, pas assez intime.

« *Comment vont les champions ?* »

« *Louna est insupportable. Medhi va péter un câble.* »

« *Vous êtes arrivés ?* »

« *Non. Encore sur la route. Ketling conduit. On va mourir !* »

Lola rit toute seule.

« *Je te laisse. A +* », envoya Georges.

« *Bonne chance* », répondit Lola.

Elle était revenue au Cluseau. Allongée sur son lit, elle écoutait la pluie tomber. Dix heures du matin. L'auberge était fermée. Lucie n'avait pas eu l'air surprise quand Éliane l'avait annoncé à son apprentie la veille au soir. Elle ne s'était pas expliquée non plus. Aujourd'hui, c'était quartier libre.

Lola se leva, sortit de sa chambre, traversa le restaurant, s'aventura dans la partie réservée aux propriétaires, frappa à la porte de Lucie. Pas de réponse.

Lola retourna au restaurant, sombre et froid comme un caveau funéraire. Les nuages vidaient tout ce qu'ils pouvaient sur ce coin du Périgord. Une vraie drache. Lola alluma les lumières, entreprit de se faire un café. Allumer le percolateur, nettoyer le filtre métallique, le remplir au moulin à café, aplanir le café avec le tasseur, enclencher le porte-filtre, programmer un expresso. Lola aimait cette succession de gestes et les bruits qu'ils généraient. Comme elle aimait la musique qu'Éliane et elle créaient en cuisine. Le frémissement de l'huile. Le glouglou de l'eau qui bout. Le staccato du couteau. Le vrombissement des hottes. Un compositeur aurait pu s'emparer de ces sons et en faire un morceau de musique, voire une symphonie.

Le percolateur annonça avec force que le café était prêt. Lola le sirota à petites gorgées. Elle savait qu'elle ne fumerait jamais. Qu'elle boirait avec modération. Mais elle qui était café au lait, avant, avait découvert le plaisir de l'expresso. Une drogue comme une autre...

La pluie s'arrêta d'un coup. S'agissait-il de la dernière giboulée ? Le soleil transperça les verrières, illuminant le bar. Lola remarqua que le tiroir-caisse n'était pas fermé. Éliane prenait soin de le verrouiller après chaque service... La jeune fille le tira de quelques centimètres, puis en grand. Le tiroir était vide. Éliane avait dû mettre la recette de la veille au coffre, à l'abri.

Pourquoi souleva-t-elle la caisse en métal dans laquelle on rangeait pièces, chèques, billets, reçus de carte bleue ? Toujours est-il qu'elle regarda dessous. La caisse cachait deux coupures de presse découpées dans le journal local.

Le premier article datait d'il y a cinq ans. Il était consacré à Jean Demareul, chef du Cluseau. Le guide Michelin venait de décerner sa première étoile à l'établissement. Jean posait en compagnie d'Éliane et de Lucie. Les parents souriaient en exhibant le diplôme. Leur fille écarquillait les yeux comme si elle venait de voir passer un panda géant sur une trottinette derrière le photographe.

Sur le deuxième article, on voyait juste Jean Demareul, les bras croisés, l'air sévère. Le titre ne laissait aucun doute sur la teneur du papier : « Le Cluseau en deuil. » Lola retint sa respiration et lut jusqu'au bout. Demareul avait perdu son étoile à cause de sa fondue au canard à l'huile de bison qui avait déplu à un inspecteur du Michelin venu incognito. L'auberge avait périclité. Demareul s'était pendu à l'entrée d'une des cavités du vallon de Castelbouc appartenant à la famille de sa femme, Éliane Bonneval. L'enterrement aurait lieu dans la plus stricte intimité.

Lola regarda la date de l'article. Elle plaqua les mains contre sa bouche quand elle comprit. Jean Demareul s'était donné la mort le 16 avril, pile un an auparavant. Voilà pourquoi l'auberge était fermée...

Elle rangea le deuxième article sous le premier, remit le tout dans l'enveloppe, la glissa sous le tiroir-caisse, envoya un message à Lucie. Pas de réponse. Elle insista. Rebelote.

Lucie était son amie. Elle avait besoin d'aide. Lola ne pouvait pas la laisser tomber. Elle pensait savoir où la trouver. « Et si elle t'envoie bouler ? » se demanda-t-elle en sortant de l'auberge. « Elle ne me rejettera pas. »

Car Lola avait un talent. Elle savait écouter. Et elle savait que Lucie avait besoin de parler.

Lucie était assise en tailleur à l'entrée de la cavité qui avait donné son nom à l'auberge du Cluseau. Le trou creusé dans la roche était visible trois mètres plus haut. Les préhistos, comme elle les appelait, l'utilisaient pour pendre des trucs, genre peaux de mammouth, histoire de se protéger des intempéries. Jean, son très cher daron, avait jugé opportun de venir mettre fin à ses jours ici. C'était Lucie qui l'avait découvert alors que tout le monde le cherchait. L'escabeau qu'il avait utilisé pour atteindre l'anneau de pierre et y passer la corde gisait renversé sur le côté.

Pas besoin de fermer les yeux pour revoir le corps qui se balance, le visage violacé aux yeux injectés de sang, la langue noire et boursouflée. On aurait dit qu'il s'était étouffé avec un avocat trop mûr. Lucie rejoua la scène, sa tentative désespérée de le soulever par les jambes, le corps lourd et mort, sa course et ses cris jusqu'à l'auberge, l'après...

– Salut.

Jean venait d'apparaître à côté d'elle. Eh oui, Éliane n'était pas la seule à le voir. Le fantôme s'était déjà permis une réflexion désagréable quand elle avait fait sa teinture. Elle en avait alors rajouté une couche dans la foulée. Réponse de la bergère au berger dans l'au-delà : « T'avais qu'à rester en bas ! »

Du coin de l'œil, Lucie constata que la présence, l'esprit dans sa tête avait une apparence à peu près normale. Pas de corde au cou comme la fois précédente. Fin de la période gore ?

– Bon anniversaire, lança-t-elle, le regard obstinément rivé sur la forêt gorgée de pluie.

– Généralement, on fête les naissances.

– Tu nous as pas vraiment laissé le choix.

– Je te l'accorde.

Lucie se tourna franchement vers l'apparition. Son père était en jeans de la tête aux pieds. Vachement réussie, l'hallu ! pensa-t-elle. Lucie savait qu'elle n'était pas folle. C'était juste sa manière à elle d'essayer de digérer, d'accepter ce geste impardonnable. Et l'absence, insupportable.

– Comment va ta mère ?

– Qu'est-ce que ça peut te foutre ?

– Elle est devant ma tombe.

– Bien sûr qu'elle y est ! explosa Lucie. Tu crois quoi ?

L'ersatz de Jean Demareul que Lucie conservait au fond de son hypothalamus passa à autre chose. Il avait fait un choix. Rien à ajouter.

– Je sais que tu as volé la truffe de la Chinoise.

– Oh ! Trop fort ! T'es dans ma tête. Même mort, tu me fliques ?

Oui, Lucie Bonneval s'était bien introduite dans le château du Périssou avec Roméo, à la faveur de la nuit, empruntant le passage secret datant des guerres de Religion connu d'eux seuls. Oui, Lucie et Roméo avaient volé la truffe adjugée cinquante mille euros à madame Não. Oui, ils avaient essayé de la refourguer au marché noir. Elle n'avait pas prévu que ce serait si compliqué, ni que ça mettrait fin à son histoire avec le pâtissier.

– Une belle connerie, jugea Jean.

– On a besoin d'argent, au cas où tu serais pas au courant. L'auberge croule sous les dettes.

– Ce n'est pas une raison. En plus, vous l'avez toujours, n'est-ce pas ?

Roméo avait lâché l'affaire. Il était salement amoché, la dernière fois qu'ils s'étaient vus. L'arcade sourcilière violette et recousue, la clavicule pétée. D'après ses dires, il s'était blessé dans la pâtisserie en glissant sur de la crème anglaise. La tête la première dans la vitrine ! N'importe quoi. Il s'était passé autre chose, sûrement en lien avec la Chinoise qui avait mis les voiles. Lucie avait bien tenté de lui tirer les vers du nez. Roméo lui avait rendu la truffe. Il ne voulait plus en entendre parler. Depuis, silence radio. Une raison de plus pour attiser la colère de Miss Bonneval.

– C'est moi qui l'ai. Roméo est en dehors du coup maintenant.

– Tu l'as cachée dans l'auberge ?

– Dans un de nos congélos.

– Tu comptes en faire quoi ? Personne ne l'achètera.

Lucie haussa les épaules.

– On la cuisinera ?

– Ta mère te demandera d'où elle vient.

– Fais pas chier !

Jean, vivant, n'aurait jamais laissé passer cela. Il était mort. Il ne remettrait plus jamais sa fille à sa place...

Des tremblements parcoururent Lucie de la tête aux pieds. Elle serra les bras autour de ses genoux.

– Allez vous faire foutre ! cria-t-elle. Roméo, la Chinetoque, et toi, papa ! Allez tous vous faire foutre !

Lucie releva le nez. Son père était parti, mais Lola se tenait face à elle, les yeux écarquillés, ses boucles châtains lui encadrant le visage, son énergie contenue, prête à se manifester. Lola aussi était en colère contre quelque chose de sombre qu'elle portait en elle. Un de leurs points communs.

– Lola ? Qu'est-ce que tu fous ici ?

Lola ouvrit la bouche. Mais aucun son ne sortit. Lucie soupira. Après le fantôme, la muette. Elle tapota le sol à sa gauche. Lola s'assit.

Pas besoin de se parler pour s'entendre. Les filles laissèrent filer une, cinq, quinze minutes, bercées par le chant de la nature. Lola serait bien restée là plus longtemps. Mais Lucie s'ébroua et lui lança :

– Ça t'irait bien, à toi aussi, les cheveux rouges.

Lucie passa la main dans la tignasse de Lola.

– Et si je te faisais une teinture ? Il m'en reste.

Lola n'était pas contre, mais moins prompte que Lucie à mettre les projets à exécution.

– Allez ! Debout ! ordonna la fille du Cluseau, tendant la main à son amie pour l'aider à se lever. Montre-moi ton côté punk.

De retour à l'auberge, Lucie lança le chantier changement d'identité de mademoiselle Mons, mélangeant colorant et oxydant, appliquant la couleur sur les pointes et les longueurs, puis mèche par mèche. Après une bonne heure de chimie capillaire, elle ordonna à Lola de se masser le cuir chevelu dans la salle de bains, attendant que ça prenne. Éliane, qui venait de rentrer, appela sa fille.

Lucie ne revenait pas. Lola entortilla une serviette autour de son crâne et risqua un œil dans la salle du restaurant. Les Bonneval étaient réunies autour d'une table, en grande discussion avec... Galina Ketling. Les trois se turent en voyant Lola.

– Viens, lança le Bosco.

Lola s'approcha à pas comptés. Une menace planait dans l'air.

– Assieds-toi.

Lola s'installa. Ketling inspira profondément avant d'annoncer :

– Nous savons qui a laissé la fiole de liqueur de pavot dans ta chambre.

La réponse était évidente. Lola s'en doutait depuis le début.

– Louna.

– Salope, siffla Lucie, s'attirant un regard désapprobateur de sa mère.

Lola tapa une phrase sur son téléphone et le passa à la cheffe.

– Comment on l'a appris ? On a fait courir le bruit que ton exclusion temporaire était injustifiée et ne reposait sur aucun élément tangible. Personnellement, j'ai aussi avancé l'idée que tu pouvais reprendre la place de Louna dans l'émission. Elle te revenait. Ça n'a pas pris longtemps avant que les parents d'une certaine élève se manifestent auprès du proviseur, affirmant que l'arme du crime avait été trouvée dans ta chambre.

– Les parents de la salope, traduisit Lucie.

Éliane soupira.

– Les parents de Louna, confirma le Bosco. Elle est idiote. Cette info était restée entre le proviseur, la CPE et moi. Elle est tombée dans le piège.

Le visage de Lola s'illumina. Louna était cuite ! Elle allait pouvoir réintégrer la 2ProC1. Quant à vouloir prendre la place de la peste sous les feux de la rampe, elle en était moins sûre. La discrétion lui allait bien, merci.

Les autres ne souriaient pas. Quelque chose clochait.

– Le problème étant... reprit le Bosco.

La situation s'était tout de même retournée contre Lola. Ketling s'en voulait. Elle aurait dû être plus maligne, elle qui avait cuisiné pour des maîtres-espions-manipulateurs des années durant au service de la France.

– Le problème est que les parents de Louna se sont aussi manifestés auprès du rectorat qui a demandé des comptes à Faramond. Il a été obligé de dire la vérité : la fiole a bien été trouvée dans ta chambre. Il a essayé de te défendre. Mais à cause de l'émission, Louna est désormais un des visages de la formation professionnelle. Et nous n'avons rien contre elle, sinon notre intime conviction.

Lola avança le buste et ouvrit la main, manière de dire : « Donc... ? »

– Donc le rectorat a tranché : tu es exclue. Ça compte aussi pour ton apprentissage ici. Leur décision est exécutoire et sans appel. C'est fini.

Non, on ne se défonce pas à la liqueur de pavot quand on est en seconde. La peine se doit d'être exemplaire. D'autant plus que vos petits camarades, ceux-là mêmes que vous avez tenté d'empoisonner, sont en demi-finale de *Sur le Gril ! Spéciale Apprentis*. Allez assouvir votre soif de destruction ailleurs ! *dixit* les ministres du Travail et de l'Éducation nationale réunis.

Lucie frappa la table du plat de la main.

– On ne peut pas la coincer, la s... ? dit-elle en se retenant au dernier moment.

Elle se tourna vers Lola.

– Je vais la choper et lui coller un bon coup de batte de base-ball dans les genoux.

– Tu oublies, Lucie Demareul ! ordonna Ketling avant de se tourner vers Lola dont le visage avait adopté un teint gris cendre. On va la coincer, mais intelligemment. À mon avis, elle n'a pas agi seule. Préparer de la liqueur de pavot, ça ne s'apprend pas sur Internet. En tout cas, je n'imagine pas une élève de seconde en être capable. Un ou une première... un ou une terminale, ou quelqu'un à l'extérieur, l'a sûrement aidée. Si on parvient à l'identifier...

– Je m'occupe de son cas ! annonça Lucie.

– On la fera parler, promit Ketling. Et tout rentrera dans l'ordre. En attendant...

Le Bosco passa le relais à Éliane qui se tourna vers sa protégée.

– Lola, j'aimerais tellement te garder avec nous. Mais je ne peux rien y faire. Ils vont résilier l'assurance te concernant. Je suis désolée.

Lola accepta la sentence, les épaules basses. On la renvoyait une deuxième fois, même si les trois personnes autour de cette table, des personnes importantes à ses yeux, savaient qu'elle était innocente. Cela la réconforta, en partie. Et il y avait plus grave. Éliane Bonneval revenait du cimetière où était enterré le père de Lucie.

Éliane caressa la joue de Lola du dos de la main, dans un geste tendre et maternel. Le Bosco se leva, lança à Lola :

– Tu seras cheffe un jour, Lola, j'en suis convaincue.

Une vague de chaleur parcourut le corps de la jeune fille et les couleurs lui revinrent. Éliane raccompagna son amie, laissant Lola avec Lucie.

– Ça va ? lui demanda la fille d'Éliane.

Question qu'elle ne posait qu'à bon escient, pas à tout bout de champ, ou pour faire croire qu'elle s'intéressait aux autres. Lola montra la serviette enturbannée autour de sa tête.

« *Je fais partie du clan des filles du feu, maintenant !* » tapa-t-elle sur son téléphone.

Lucie hésita à reproduire le geste tendre de sa mère, main contre joue. À la place, elle dénoua la serviette. Les cheveux de Lola étaient rouges. De la teinture coulait sur ses tempes et son front, lui donnant l'air d'une martyre.

– Rinçage ! annonça Lucie. Allez hopopop! Direction la salle de bains !

Lola se laissa pousser en riant. Que les problèmes restent derrière.

LAISSEZ FRÉMIR

L'axoa de veau n'est pas un plat compliqué... en apparence. Les quatre candidats en lice pour la deuxième manche de *Sur le Gril !* auraient à émincer oignons et ail, préparer piments et poivrons, faire revenir le tout dans l'huile. Puis à ajouter viande, herbes, sel et piment fort. Ensuite, il faudrait faire sauter, mouiller, laisser mijoter un certain temps et retirer le couvercle dix minutes avant la fin pour que le jus s'évapore tout en peaufinant l'assaisonnement. Rien de bien méchant. Mais quand même...

– Trop facile, supputa néanmoins le Bosco.

C'était la veille de l'émission. Coach et apprentis étaient réunis dans un palace donnant sur le golfe de Gascogne où la production avait eu la générosité de les loger. Les surfeurs profitaient des derniers rayons de soleil pour se mesurer aux vagues. Là-bas, vers l'Amérique, le soleil se couchait. Galina claqua des doigts sous le nez de Louna.

– Tu es avec nous ?

– Pardon. La tête ailleurs.

Plage. Piscine. Spa. Louna découvrait un monde nouveau, un univers dans lequel elle voulait vivre, celui de la célébrité. Elle mit son obsession pour le luxe de côté. Rester concentrée. Plus que deux manches à remporter et ce serait gagné.

– Vous disiez que c'était trop facile, récita-t-elle.

Le Bosco dévisagea l'apprentie, cherchant la véritable Louna derrière l'élève modèle : celle dont la moralité était plus que jamais sujette à caution. Et si elle avait fabriqué la liqueur de pavot elle-même ? se demanda à nouveau Ketling. Non. Cette gamine toxique était une princesse. Pas du genre à mettre les mains dans le cambouis, plutôt à avoir un serviteur, quitte à tout lui mettre sur le dos le moment venu.

– Cheffe ? intervint Louna. Vous vouliez nous dire quelque chose ?

« On te coincera », se promit le Bosco avant de revenir à l'ici et maintenant.

– Je connais Keredec. Vous l'avez vu à l'œuvre. Il nous prépare un coup fourré. Un axoa mitonne longtemps. Au moins une heure. En plus, c'est du direct. Va falloir remplir. Il va forcément imposer une épreuve surprise le temps que ça cuise.

– En vrai, ce serait grave manquer de respect ! s'exclama le Medhi-de-banlieue, jamais très loin.

Louna lui claqua l'arrière du crâne.

– Tu surveilleras ton langage, ordonna-t-elle. Bouffon, va !

– Tu me causes meilleur ! réagit aussitôt le mâle dominant, prêt à en découdre.

– Wowowoh !

Galina Ketling venait de reprendre les choses en main.

– Vous voulez retourner dans le Périgord ? On laisse tomber ? Moi, ça me pose aucun problème !

– Non, avouèrent les demi-finalistes, penauds.

– Bon. Keredec va nous tendre un piège. À nous de nous préparer.

Ils passèrent une bonne partie de la soirée à élaborer des scénarios. Le Bosco avait sa petite idée sur la question. Elle coacha Medhi et Louna en conséquence. Logée dans un autre palace, l'équipe de Séverac se faisait les mêmes réflexions et aboutissait aux mêmes conclusions.

Les concurrents eurent droit à un cours en accéléré. Le combat serait sans pitié.

– Louna, Julia, commença Keredec. Max, Medhi.

Les quatre attendaient, raides comme des sentinelles. Les axoas mitonnaient gentiment sur les feux. La préparation s'était déroulée sans anicroche.

Keredec s'était permis de leur faire peur, en début d'émission, quand Séverac avait prononcé axoa avec un x. Alors qu'on dit achoa. Ils avaient frôlé l'exclusion pure et simple !

Cinq millions de Français, au lieu de deux le premier soir, avaient suivi les apprentis. Les producteurs prévoyaient déjà des coupures pub supplémentaires pour la finale.

Ce vieux loup de mer de Keredec savait pourquoi les gens s'étaient donné rendez-vous en masse devant leur télévision. Tous, comme lui, avaient les yeux rivés sur la hyène de Bonneval. Pas besoin d'interroger son dentiste pour savoir que ses quenottes auraient rayé le plancher, voire un sol en pierres dures. Louna voulait gagner et elle gagnerait. C'était écrit sur son visage et dans ses mouvements dignes d'un chef de guerre. Elle allait bouffer Séverac tout cru. Ils allaient regretter d'être nés. Comme ce pauvre Medhi, binôme dans cette émission, mais futur adversaire dans la finale. Elle le dévorerait façon steak tartare avec une bonne rasade de sauce Worcestershire. Et les Français ne seraient plus cinq mais bien dix millions pour assister à la mise à mort en direct.

– Louna, Medhi, Julia, Max, recommença le chef, étirant le suspense comme de la guimauve.

Car tous, propriétaires de l'auberge du Fronton, producteurs locaux, participants, téléspectateurs, savaient que le chef allait leur jouer un tour à sa façon. Il fit un signe hors caméra. Deux assistants posèrent deux plateaux sur les plans de travail des équipes disposées face à face, histoire d'augmenter la pression.

Côté Bonneval : pommes de terre déjà cuites, œufs, poivrons rouges, jambon blanc et jambon fumé, morceaux de pain blanc. Côté Séverac : poisson blanc, anchois, piments verts, rondelles d'oignon, olives dénoyautées. Keredec s'occupa d'abord de Bonneval. Il désigna les ingrédients, un par un, prenant son temps.

– Et le pata negra ! conclut-il.

La caméra zooma sur le jambon fumé.

– Il vient d'un cochon noir exclusivement nourri de glands de chênes verts. Sachez en être dignes !

Il offrit à Séverac le même numéro, précisant que les anchois venaient de Cantabrie et les piments d'Aginaga. Puis il se plaça au bout des plans de travail.

– PINTXOS ! lança-t-il.

– Olé ! lança le Bosco depuis le camion-régie d'où elle suivait la compétition.

Son homologue de Séverac exultait lui aussi. Ils ne s'étaient pas trompés. Leurs champions étaient préparés.

– Ça vous parle ? continua Keredec.

Les quatre hochèrent la tête. Pintxos du Pays basque, côté français comme espagnol. Se dégustent au comptoir. Constitués d'ingrédients tels ceux présentés sur chaque plan de travail. N'utilisez pas l'expression *finger food* quand vous abordez le sujet des pintxos (qui se prononcent pinetchos) avec quelqu'un du cru. Il risquerait de voir rouge. Ces amuse-gueules boxent parfois dans la catégorie haute gastronomie.

– Si ça leur parle… commenta Keredec en considérant les finalistes, pas démontés par la carte qu'il venait de sortir de sa manche. Bonneval !

– Oui, chef ! réagirent Louna et Medhi.

– Vous allez composer quatre voiliers, c'est le nom de ce pintxo, en quatre exemplaires. Séverac ! Pour vous, ce sera quatre Gilda.

Il posa autant de piques devant chaque assortiment d'ingrédients.

– Vous avez un quart d'heure, annonça-t-il avec un sourire retors. Allez ! Hissez les voiles !

Les apprentis de Séverac restaient bras ballants. Autant un voilier pour Bonneval, c'était visuel. Mais un Gilda... Keredec fit mine de s'étonner.

– Vous n'avez jamais entendu parler de Rita Hayworth ?

– Non, chef.

Il ne s'attendait pas à un miracle. Mais il avait préparé son coup. Un technicien lui confia une tablette. Le chef lança un extrait de film du siècle dernier en noir et blanc – *Gilda* –, avant de tourner la tablette en direction des apprentis. L'extrait s'incrusta dans le coin supérieur gauche de quelques millions de télévisions, partout en France. L'incendiaire Rita chantait *Put the Blame on Mame*, tout en défaisant son gant noir et en ondulant des hanches. Séverac et Bonneval étaient bouche bée.

Keredec ferma la vidéo, rompant le charme.

– Ce pintxo a été créé en hommage au sex-appeal qu'elle représentait. Enflammez-nous !

Les apprentis se mirent au travail dans une ambiance fébrile. Keredec se frottait déjà les mains, gourmand. La production considéra que c'était le bon moment pour envoyer la pub.

Lola aurait pu regarder *Sur le Gril !* sur son portable, dans sa chambre, dans son lit, sous sa couette, en mode bernard-l'ermite. Mais voir la brigade vivre tout cela sans elle lui aurait fait trop mal au cœur.

Ses parents avaient été informés de la décision du rectorat. Ketling les avait aussi mis dans la confidence. Tout accusait Louna, qui trébucherait à un moment ou à un autre. Il suffisait d'être patient. Marc et Nathalie avaient proposé de passer prendre leur fille le vendredi soir. Elle préférait attendre un peu. Éliane était d'accord pour la garder encore quelques jours, en simple invitée. Elle lui transmettrait ses secrets de cuisinière.

Lola sortit sur la terrasse. Lucie était assise sur le muret, surplombant le vide. Elle contemplait les étoiles. Lola grimpa à ses côtés. Elles écoutèrent le chant de la rivière en contrebas, deux oiseaux nocturnes qui se répondaient.

Lucie gloussa une fois. Elle faisait toujours ça quand elle avait un truc marrant à raconter.

– Je sais plus où je l'ai lue... C'est une histoire vraie. Y avait un type, dans son pavillon de banlieue. Passionné de chouettes, le gars. Son truc, c'était d'imiter le cri de la chouette femelle. Vlatipa qu'une nuit, une chouette mâle lui répond. Génial ! Il s'accroche, pousse son cri tous les soirs, espère voir débouler le mâle...

Lucie cracha dans le vide, livra la chute de son histoire.

– Un matin, il cause avec son voisin. Il a l'air crevé, le voisin. « Vous avez du mal à dormir ? » lui demande l'autre qui imite la chouette femelle. « Non, non. C'est juste que ma passion c'est les rapaces, lui répond le voisin. Les nocturnes. Je sais imiter le cri de la chouette mâle, vous savez ? Je communique avec une femelle depuis deux semaines, et elle refuse de venir. C'est rageant. »

Lola pouffa. Lucie gloussa de nouveau avant de conclure par un :

– Les cons !

Lola acquiesça. Lucie avait raison. Ah, les cons...

Les jurés de la deuxième manche de la *Spéciale apprentis* – quatre fines gueules, dont le chef – contemplaient les assiettes qui venaient d'être dressées sous leurs nez. Les cuistots avaient compris le principe du pintxo, jouant avec les ingrédients. Chaque équipe avait concocté quatre combinaisons différentes. Avec un peu de chance, ils tomberaient sur la meilleure.

– Vous êtes des malins, les félicita Keredec.

Il commença par Séverac. Max et Julia avaient tenté de reproduire les formes d'une déesse du septième art en fichant thon, anchois, piments, oignons et olive sur les piques, le tout agrémenté d'une touche d'huile d'olive.

– Pas mal, convint Keredec qui tournait l'assiette sur le plan de travail pour l'étudier sous différents angles.

Ses convives et lui n'en firent qu'une bouchée, avec les murmures appréciateurs de rigueur.

Keredec prit le temps de suçoter ses doigts, puis il applaudit, trois fois. Séverac rayonnait. Bonneval était mortifié.

– Aux suivants, annonça-t-il.

Il approcha la deuxième assiette de pintxos, la tourna dans un sens et dans l'autre, grimaça comme s'il venait de s'asseoir sur un porc-épic. La version bonnevalienne du voilier ressemblait assez au pintxo original, au moins dans la forme : rouleau de jambon fourré d'œuf, de pomme de terre et de poivron râpé, le tout posé sur une tranche de pain. La pique plantée dans le rouleau et le pain supportait l'autre jambon disposé comme une voile. Les versions différaient dans l'emplacement de la voile. À la poupe, à la proue, couchée façon felouque...

– Vous nous faites un cours de navigation ?

Les jurés s'esclaffèrent. Louna et Medhi transpiraient à grosses gouttes. Keredec se mit à rire, mais jaune. Les autres jurés ne touchaient pas à leurs pintxos non plus. Le chef étouffa son rire en une fraction de seconde.

– J'ai dit quoi concernant le pata negra ?

– Que... voulut répondre Medhi.

Keredec leva un doigt, lui clouant le bec.

– Qu'il faut en être digne, le respecter.

Il eut un geste fataliste et repoussa son assiette.

– C'est n'importe quoi votre truc, là... Non, Louna. Non, Medhi.

Le problème sauta aux yeux des apprentis : ils avaient fourré le jambon fumé au lieu d'utiliser le jambon blanc, moins noble. Keredec dodelina de la tête. Attila le Hun devait dodeliner ainsi avant d'ordonner le massacre de milliers de prisonniers de guerre pour ensuite élever une pyramide de crânes.

– Grosse grosse boulette, ajouta le chef breton.

Louna glissa quelque chose à l'oreille de Medhi, assez bas pour que les micros ne captent pas. Heureusement. Le Conseil supérieur de l'audiovisuel aurait censuré ses propos. Medhi lança un regard noir à sa partenaire.

Keredec se leva.

– Un point pour Séverac. Un en moins pour Bonneval ! Vous êtes d'accord ?

La question s'adressait aux jurés, bien sûr. Pas aux participants. Les jurés acquiescèrent.

– Voyons ces axoas.

Il souleva le couvercle de Bonneval, s'arma d'une cuiller en bois, se pencha pour humer, s'attarda, goûta, recouvrit la poêle sans commentaire. *Idem* pour Séverac.

Ce qui s'apparentait à un sourire apparut fugacement sur ses traits. Il s'écarta et annonça :

– C'est le moment de rectifier l'assaisonnement, non ?

Les candidats se précipitèrent, se bousculèrent presque. Medhi voulut attraper le pot de piment posé entre les deux plans de travail. Louna l'en empêcha brutalement, s'empara du moulin à poivre et tourna la manette de toutes ses forces au-dessus de leur plat, goûta.

Julia et Max, de l'équipe adverse, étaient d'accord : leur axoa manquait de piquant. Max prit le pot de piment, ouvrit le capuchon, secoua doucement le pot... Rien ne tombait. Il l'agita vivement...

– Non !!! s'exclama le malheureux.

Max, catastrophé, tenait le pot de piment au-dessus de l'axoa, à l'envers, totalement vide. La saupoudreuse avait lâché. Julia le fixait, effarée. Au Fronton, comme dans dix pour cent des foyers de l'Hexagone, on avait cessé de respirer.

– Pousse-toi ! ordonna Julia.

Elle s'empara d'une écumoire, récupéra la saupoudreuse, essaya de sauver ce qui pouvait l'être. La poudre incendiaire avait déjà transformé leur axoa en bombe lacrymogène. S'approcher à moins d'un mètre piquait les yeux et les narines.

– T'as pas vérifié que le pot était bien fermé ?! Mais t'es débile ? l'accusa Julia.

Keredec s'attendait à tout sauf à ce retournement de situation. Max avait la tête du buteur qui vient de marquer contre son propre camp. L'attention du chef se reporta sur les apprentis de Bonneval. Medhi fixait Louna avec une expression à peu près aussi effarée que celle de Max. Elle, impériale, concentrée, touillait le contenu de la poêle en laissant le reste de jus s'évaporer, comme prévu. Elle attendait la suite des événements.

Le chef eut alors une intuition désagréable. Louna aurait-elle pu dévisser à fond la saupoudreuse du pot de piment avant que l'équipe adverse l'utilise ? Son intuition se transforma en certitude lorsqu'il parvint à capter son regard...

Louna détourna les yeux en se rendant compte qu'elle était allée trop loin dans son rôle d'innocente aux mains blanches. Elle adopta illico une expression neutre. Medhi, quant à lui, dansait d'un pied sur l'autre. Le chef le dévisagea. « Alors mon gars, tu balances ? » Medhi choisit d'être lâche.

Keredec sentit la moutarde lui monter au nez. C'était du sabotage pur et simple. Mais ils étaient en direct. Pas de temps à perdre. Il se contenta de renifler la mixture de Séverac, à bonne distance, puis recula.

– Je suis désolé, assura-t-il à Max et Julia.

Il fit signe à Louna de les servir, les jurés et lui. Elle s'empressa d'obéir, sourire figé aux lèvres. Elle savait qu'il savait. Medhi, en retrait, était l'incarnation de la honte.

Yvan Keredec rejoignit les jurés et joua le jeu. Après tout, il était là pour cela, même s'il haïssait ce qui venait de se passer dans son émission. Louna – peut-être Medhi était-il complice ? – avait usé d'un coup bas pour se ménager une place au soleil. Les bons cuisiniers sont vrais, sincères, empathiques, altruistes.

Medhi et Louna furent déclarés gagnants. Les jurés s'accordèrent pour dire que leur axoa répondait au cahier des charges, et qu'il était bon, quoique manquant de piment. Keredec prit Max et Julia dans ses bras.

– C'est pas grave. Vous avez donné le meilleur de vous-mêmes.

Il se tourna vers les caméras.

– Rendez-vous la semaine prochaine à l'auberge du Cluseau, en Dordogne, pour la finale ! Sur leurs terres ! précisa-t-il en levant les bras de Louna et Medhi, tel un arbitre, sur un ring, qui présente les boxeurs sur le point de s'envoyer au tapis.

Ce qui serait certainement le cas.

INCORPOREZ ÉNERGIQUEMENT AU FOUET

Trois jours que la brigade était rentrée du Pays basque, trois jours que Medhi se battait contre sa conscience. Les valeurs universelles du sport et de la fraternité auraient voulu que Louna et lui s'entraident. Certes, ils seraient sur la même ligne de départ. Chacun travaillerait sur sa propre version du plat à présenter aux jurés. Que le meilleur gagne, en l'occurrence un stage dans un grand restaurant parisien et bien d'autres promesses encore, vu l'émulsion créée autour du deuxième épisode de *Sur le Gril !*

Des représentants de grandes marques de vêtements, sneakers et smartphones avaient essayé d'atteindre le, et surtout, la future lauréate, avant d'être refoulés par le concierge du lycée hôtelier. Un paparazzo avait été repéré dans l'enceinte de Bonneval et la gendarmerie alertée. Le proviseur avait imposé un véritable couvre-feu de circonstance. Entrées filtrées. Stores baissés. Silence radio. Fermeture du restaurant d'application. L'interdiction absolue de prendre le moindre cliché des finalistes, de le vendre ou de le poster sur les réseaux sociaux fut rappelée aux autres élèves. Les contrevenants seraient repérés, identifiés et exclus jusqu'à ce que l'émission soit derrière eux.

Quoi qu'il en soit, Medhi se battait avec sa conscience. Pas à propos de tout ce remue-ménage, mais à propos de son adversaire.

Tous, dans la brigade, se doutaient que Louna avait piégé Lola. La question étant : comment la piéger, elle ? En réalité, Medhi avait la réponse à cette question depuis trois jours. Il ne pouvait plus garder ça pour lui. Louna était allée trop loin. Aussi avait-il convoqué Georges, Mattéo et Louise sur le terrain de foot, ce mardi à 16 heures.

– Vous êtes venus, constata-t-il lorsque ses camarades se postèrent face à lui.

Il étudia le terrain, les bois alentour. Personne. Surtout pas l'araignée venimeuse, sûrement en train d'accepter ses nombreux nouveaux amis sur les réseaux sociaux.

– Qu'est-ce qui t'arrive ? railla Mattéo, faussement inquiet.

Il se tourna vers Louise et Georges.

– Il a une mine de déterré, non ?

– Trop de piment, jugea Louise. Fais gaffe. Ça file des hémorroïdes.

Le sarcasme était facile. Mais on n'est pas plus tendre dans le monde des ados que dans celui des adultes. L'enthousiasme du début par rapport à l'émission n'avait pas duré longtemps. Louna rendait la course vers la victoire amère. Medhi était son binôme, donc dans son camp. CQFD.

– Laissez-le parler, demanda Georges.

Medhi le remercia d'un hochement de tête, et se lança :

– Il faut la neutraliser. Elle ne doit pas participer à la finale.

– Une évidence depuis le début, rappela Louise, acide.

– Tu sais quelque chose, affirma Mattéo.

Des corneilles croassèrent dans les aulnes. « Parle », disaient-elles. Medhi se remémora l'échange plutôt vif qu'il avait eu avec sa future adversaire, dans la loge, alors qu'ils étaient seuls, après la deuxième manche.

« Le piment, c'était toi ? » avait-il demandé.

Louna finissait de retirer le fond de teint avec lequel on les tartinait pour les empêcher de luire sous la chaleur des projecteurs.

« La fin justifie les moyens, avait-elle répondu, sans se quitter des yeux dans le miroir.

– Je vais tout balancer. »

Medhi avait parlé sans réfléchir. Et il avait eu peur, vraiment peur quand Louna s'était tournée vers lui.

« Mais vas-y ! Balance. Je dirai que c'était toi. Comme ça, Mattéo te remplacera pour la finale. J'ai toujours eu envie de me frotter à lui.

– T'es une psychopathe.

– Non. Je sais ce que je veux. Je veux gagner. Et c'est pas un blaireau dans ton genre qui m'en empêchera.

– Lola, c'était toi aussi, avait alors osé avancer Medhi. Le feu de camp...

– Évidemment, que c'était moi. Fallait que je dégage "Bouche cousue". J'ai jamais pu la blairer. Oui, c'est moi qui ai versé la liqueur dans la bouteille de Coca. Oui, c'est moi qui me suis débrouillée pour planquer la fiole dans sa chambre. »

Medhi avait senti la rage monter en lui. Le poison, c'était Louna. Et elle ne s'en cachait même plus. Comment réagir ? s'était-il demandé. Ne montre pas ta colère. Fais-la parler.

« Comment t'as eu l'idée ? » avait-il demandé, faussement impressionné.

Louna était dangereuse, mais un peu idiote. Elle était tombée dans le panneau. Quelqu'un lui avait donné l'idée de la liqueur. Ce quelqu'un en avait encore sous le coude, d'ailleurs. Elle l'avait nommé.

– Parle ! ordonna Mattéo.

Medhi révéla l'identité de celui qui avait fourni le poison : un terminale influent, spécialiste des alcools en tout genre, aussi creux et prétentieux qu'une outre à vent.

– Pu-tain ! s'exclama Louise. Je vais leur arracher les yeux avec une petite cuiller !

– T'as attendu trois jours pour nous le dire ? réagit Georges avec un calme inquiétant.

Medhi baissa la tête, penaud. Louna était vraiment flippante. Elle l'avait menacé après lui avoir révélé le nom de son complice.

– On fait quoi ? voulut-il savoir.

Ils étaient quatre secondes, bien décidés à rendre justice. La balance pouvait pencher de leur côté.

– On le dit au Bosco ? essaya-t-il.

– Après, décida Louise. D'abord, on s'occupe de *lui*.

Ils marchèrent vers le bâtiment D dans lequel créchait le Grand Vincent dont l'avenir, qu'il devienne barman ou pas, se présentait plutôt mal.

Lola avait fini de rassembler ses affaires. Une fois de plus. Sa mère passait la prendre dans une grosse heure. Elle avait le temps de dire au revoir à l'auberge du Cluseau. Pas adieu.

Elle sortit sur la terrasse, contempla le paysage, admira la grâce avec laquelle les hirondelles se croisaient. La Patrouille de France pouvait aller se rhabiller ! Elle entendit une voiture en contrebas. Sa mère ? Déjà ? La jeune fille rentra dans l'auberge. Éliane travaillait aux cuisines avec Lucie, mise à contribution. Lucie nettoyait des feuilles de blettes qui seraient incorporées dans le gratin de viande de bœuf au menu du midi. Elles posèrent leurs ustensiles et prirent Lola dans leurs bras à tour de rôle.

– Tu seras toujours la bienvenue, lui rappela Éliane.

– Cette chienne, on la fera payer, ajouta Lucie.

Elle ne décolérait pas depuis que la nouvelle de la double peine était tombée. Tous savaient Lola innocente, et ça ne bougeait pas ! Les lenteurs de la justice française... La cloche du portillon d'entrée tinta, opérant une diversion.

– Je vais voir qui c'est, décida Lucie, qui se sentait définitivement mieux dehors que dedans.

Elle revint accompagnée de Galina Ketling. Lola se tenait sur le seuil. Éliane Bonneval, protectrice, avait les mains posées sur ses épaules. Le Bosco sourit en voyant les cheveux rouges de Lola, aussi flashy que ceux de Lucie.

– Ça te va bien, jugea la cheffe.

Lola enfonça ses poings dans ses poches et adopta une posture déhanchée, canaille, copiée sur celle de Lucie Bonneval.

– Lola, on veut te voir, monsieur Faramond et moi.

Lucie s'interposa entre le Bosco et Lola. Même chiasme praxitélien, constata Ketling. Un archéologue lui avait appris ce terme technique désignant les ondulations des statues antiques durant une nuit plutôt languide. Sur une plage du Sri Lanka, dans son souvenir.

– Qu'est-ce que vous lui voulez ?

Lola se retint de sourire en constatant que Lucie s'octroyait le rôle de pitbull.

– Louna a été exclue. On te veut pour la finale.

– Yes ! s'exclama Lucie avec un geste de victoire.

Éliane Bonneval soupira. Elle aimait les fins heureuses.

Lola tapota fébrilement le clavier de son téléphone. Elle le fit lire à son interprète attitrée.

– Sa mère doit venir la chercher, annonça Lucie.

– Elle a été prévenue, argumenta Ketling. Elle nous rejoindra au lycée... si ça te convient.

Lola acquiesça.

– Tu peux, tu... dois leur montrer ce que tu vaux, Lola. Ce serait une belle revanche.

Lola n'était pas revancharde. En même temps, elle était curieuse de savoir comment Louna venait de prendre ce méchant retour de flammes dans sa face de pétasse. Et participer à la finale clouerait le bec à ceux qui avaient douté d'elle. Elle serait une cheffe. Une grande cheffe, rectifia-t-elle, laissant libre cours à son ambition. Enfin !

Lucie réfléchissait plus vite. Elle répondit à la place de Lola, s'invitant par la même occasion :

– On vient.

« Le service du midi », se rappela tout à coup Lucie. Elle se tourna vers Éliane, qui dit à sa fille :

– Va, épaule notre Lola. Je me débrouillerai. Ne t'en fais pas.

Durant le trajet Cluseau-lycée, Lola et Lucie se partagèrent la banquette arrière de la vieille Fiat Panda de Galina. Dans le rétroviseur, la conductrice les vit échanger à bâtons rompus *via* son smartphone pour Lola, à mots couverts pour Lucie. De vraies conspiratrices. La cheffe était curieuse de savoir ce qui sortirait de cet échange.

Nathalie Mons les attendait sur le parking du lycée Bonneval. Lola embrassa sa mère. Le Bosco les mena à marche forcée jusqu'au bureau du proviseur qui se leva comme mû par un ressort à leur entrée.

– Vous voilà !

Il tiqua en découvrant Lucie. Ketling alla chercher une chaise supplémentaire dans le couloir, l'installa pour celle qui n'était pas prévue. Tout le monde s'assit, le proviseur en dernier. Il rangea quelques papiers.

– Quelle que soit ta décision concernant l'émission, je tiens tout d'abord à te présenter personnellement mes excuses. Nous aurions dû approfondir notre enquête dès le début. Je ne me pardonnerai jamais que tu aies été accusée à tort.

Lola tapa sa réponse sur son téléphone, le passa à Lucie.

– Donc l'opium, c'était bien Louna, lut Lucie à voix haute.

Faramond l'admit d'un « En effet » gêné avant d'expliquer. Vincent avait vidé son sac ici même. Aussi secoué que si on l'avait mis dans un shaker, le garçon, décoiffé, des marques rouges sur les joues, et escorté de près par le quatuor Mattéo-Louise-Georges-Medhi.

Quoi qu'il en soit, « le Grand Vince » avait perdu de sa superbe. Le vol des bulbes d'opium dans les champs médicinaux ? Lui. La préparation de la mixture ? Lui aussi. Le reste, c'était Louna. Elle avait été convoquée et mise au pied du mur en présence de Vincent. Après avoir nié, insulté Medhi et les autres de la 2ProC1, chargé son complice, et pleuré des larmes de crocodile, elle avait craqué et avoué. Louna avait été renvoyée et il était hors de question qu'elle participe à la finale. La sanction disciplinaire était sans appel, à la hauteur de son geste.

Lola ne bondit pas de joie. Lucie et elle attendaient, mains croisées sur le giron, l'air de dire : « Vous pourriez en venir à l'essentiel ? On s'ennuie, là. »

Le proviseur inspira profondément.

– Accepterais-tu de prendre sa place, samedi prochain ? Je sais, c'est dans quatre jours... Mais tu as toutes les capacités.

Il s'arrêta, de peur d'en faire trop. Lola tapait sa réponse, concentrée. Bien plus longue qu'un oui ou un non.

– Et Louise ? intervint Nathalie Mons.

– Pas au niveau, trancha le Bosco. Ce sera Lola et personne d'autre.

– Si ma fille n'accepte pas ?

– La production ira se faire foutre, répondit Ketling tout sourire.

– Bonneval qui abandonne... Ce serait une catastrophe pour l'image de notre établissement, se lamenta le proviseur, qui se prit la tête entre les mains.

Lola laissa passer une minute entière, profitant de sa position de force. Elle l'avait bien méritée. Puis elle confia son téléphone à Lucie qui lut le message.

« *Vas-y. Balance ce sur quoi nous nous sommes mises d'accord pendant le trajet.* »

– Lola est d'accord à trois conditions, commença la petite-fille de Suzanne Bonneval, chasseuse de nazis.

– On vous écoute, assura Faramond.

– Un, vous réintégrez Louna. Lola la remplacera pour la finale, mais Louna doit pouvoir finir sa seconde à Bonneval.

Ketling apprécia le côté pervers de la requête. Soit Louna décidait de quitter la formation d'elle-même, soit elle restait, humiliée, rabaissée, remise à sa place par ceux qu'elle avait trahis.

– Accordé.

– Deux, Lola refuse de concourir contre Medhi.

Faramond se raidit contre le dossier de son fauteuil.

– Vous voulez qu'il soit remplacé par un autre camarade ?

Lucie leva les yeux au ciel. Il ne comprenait rien !

– Non. Medhi reste pour la finale. Mais Lola ne sera pas contre lui. Et Medhi ne sera pas contre Lola. Ils travailleront ensemble.

Lucie plaça le dernier mot entre guillemets avec ses doigts. Faramond eut un geste d'impuissance.

– Écoutez. L'établissement a signé un contrat avec la production. Il est clairement spécifié que les deux derniers concurrents appartenant au même lycée hôtelier s'affronteront lors de la finale...

– Option rejetée.

Lucie se pencha en avant afin que l'adulte face à elle comprenne bien ce que cette jeune fille d'un mètre soixante s'apprêtait à lui dire.

– La compétition tue la cuisine. Elle a tué mon père. Lola et Medhi concourront l'un avec l'autre, pas l'un contre l'autre.

Le Bosco, pourtant peu tactile, ne put s'empêcher de presser l'avant-bras de Lola. « Bravo, les filles ! lui confia-t-elle en morse digital. Vous êtes épatantes ! »

– Ils peuvent refuser ? demanda Nathalie.

– On n'est pas obligés de leur dire, intervint Ketling.

– Comment ça ? réagit le proviseur, perdu.

– Medhi et Lola s'installent comme prévu au début de l'émission. Keredec fait son numéro. Le moment venu, en direct, nos apprentis balancent la nouvelle règle. Vous croyez qu'ils vont prendre le risque de tout couper et de passer *La Grande Vadrouille* à la place ? Au contraire... ce sera du pain bénit pour eux.

Faramond posa les mains à plat sur son bureau, comme s'il invoquait les esprits. Que pouvait-il répondre, à part... Il demanda de l'aide en silence à Ketling, qui l'ignora.

– Accordé.

– Il y a une troisième condition, rappela Lucie.

Elle se tourna vers le Bosco.

– Ils t'ont déjà dit quel sera le plat imposé ?

– Émincé de canard à l'asiatique.

– À l'asiatique ? releva Nathalie. Pas très terroir...

– Keredec veut ajouter de l'originalité pour la finale, l'éclaira Ketling.

– Il va être servi, annonça Lucie. Parce que le coin-coin sauce soja, on oublie. Lola et Medhi choisiront le plat eux-mêmes.

Le proviseur écarta les bras, invoquant les dieux de la cuisine, cette fois. Ils dépassaient les bornes ! Une consigne était unc consigne. Surtout quand elle venait de la télévision !

– Vous aurez Keredec en face de vous, rappela-t-il. Vous pensez qu'il va apprécier ?

– Il n'aura pas le choix, affirma Lucie.

– Et vous cuisinerez quoi ?

– Surprise.

Faramond se tritura les lobes d'oreilles. Ces deux gamines allaient le rendre fou ! Ketling, de son côté, était prête à valider l'option. Mais il y aurait quand même des problèmes de logistique à régler.

– Vous ferez comment pour avoir vos ingrédients ? demanda-t-elle.

– On les planque. Eh ! Le Cluseau, c'est *ma* cuisine, rappela Lucie.

– Et, juste avant, vous leur balancez le fait que toi et Medhi, vous travaillez ensemble...

– Encore faut-il que Medhi vous suive, intervint le proviseur, ravi d'avoir trouvé la faille.

– Il le sera, affirma Ketling. Je vous l'assure.

Faramond eut l'air de peser le pour et le contre. Mais l'affaire était déjà pliée. Il donna son accord avec un geste pouvant vouloir dire : « Débrouillez-vous », « Allez au diable » ou que « Les forces de l'Invisible nous protègent ». Il espérait juste que la réputation du lycée hôtelier Bonneval survivrait à l'émission. « Mamma Mia, se dit-il. Après, on va se récupérer tous les arpètes à forte personnalité de la métropole ! »

Medhi fut le seul de la brigade à être mis dans la confidence. Il dit oui, tout de suite. L'esprit de compète, on l'a compris, ce n'était pas pour lui non plus.

– Maintenant, dites-moi ce que vous comptez cuisiner, demanda le Bosco à Lucie, qui n'apparaîtrait pas à l'écran mais serait partie prenante.

Tous quatre se tenaient serrés dans la Fiat Panda de Ketling, à l'arrêt sur le parking du lycée. Des fois qu'on les espionne… Medhi arrondit les yeux en entendant le nom du plat qui remplacerait l'émincé de canard.

– C'est comme une fondue bourguignonne ?

– Ouais, mais en mieux ! affirma Lucie.

– Ça se cuisine pas !? Il est où, le challenge ?

– Y a plus de challenge, on te rappelle ! Et on t'a pas parlé de l'accompagnement. Spécial préhistoire !

– Je confirme, ajouta le Bosco.

Elle avait goûté le plat au Cluseau quand Jean était encore de ce monde. La fameuse fondue préhistorique sortait à ce point des clous que le Michelin avait retiré son étoile à l'auberge l'année suivante.

Lucie serra le poing et le tendit, imitée par Lola, Medhi, puis le Bosco.

– Partants ?

– Partants !

Ils checkèrent. Si Lola n'était peut-être pas une assoiffée de vengeance, Lucie, elle, avait un gros compte à régler.

REMETTEZ TOUS LES INGRÉDIENTS DANS LA COCOTTE

« Tu dors toujours pas ? »

« Non. Stressée. »

« Il faut que tu dormes, Lola. »

« Je sais. »

« Demain soir, on sera réunis au Cluseau. Autorisation spéciale ! »

« Et Louna ? »

« Pas vue depuis trois jours. En tout cas, on a prévu de faire la fête, après. »

« J'ai la trouille. »

« Tu vas assurer. »

« Et si je laissais tomber ? »

« T'es fatiguée. Tu racontes n'importe quoi. Dors. »

« Oui, Georges. »

« Je t'embrasse, Lola. »

Les camions de la production se garèrent devant l'auberge du Cluseau à 8 heures du matin. Éliane Bonneval avait été prévenue. N'empêche, ça faisait un choc.

Une vingtaine de techniciens masqués se mirent à décharger des tonnes de matériel. Caisses, câbles, projecteurs, groupe électrogène, rails et compagnie. Une cantine fut montée sur la terrasse. À 9 heures, pause syndicale oblige, les mécanos buvaient le café autour d'un grand perco. Les viennoiseries étaient fraîches, l'ambiance détendue.

La productrice, la trentaine pimpante, y était pour beaucoup. Efficace et attentionnée, elle était venue au-devant d'Éliane, la rassurant avant toute chose. Ils laisseraient l'endroit en l'état, comme s'il ne s'était rien passé. Par contre, une fois la finale diffusée, Éliane se rendrait vite compte que les choses allaient changer. Les deux auberges qui avaient déjà accueilli la *Spéciale apprentis* étaient prises d'assaut par la clientèle.

– Un peu l'équivalent côté cuisines du *Village préféré des Français*, expliqua-t-elle à Éliane. Vous allez devoir embaucher !

– Yvan Keredec n'est pas encore là ? remarqua la maîtresse des lieux.

– Il arrivera sur les coups de 18 heures. *Don't worry.* Tout va bien se passer.

La productrice regarda autour d'elle.

– Où sont nos cuistots ?

– Ils se préparent, éluda Éliane. Ils arriveront aussi dans ces eaux-là.

La productrice grimaça.

– Ça va faire juste pour le maquillage...

Éliane lui mit la main sur l'épaule. La productrice frémit. Geste barrière ! hurlait son esprit. Pas touche !

– Ne vous inquiétez pas, sourit Éliane. Tout va bien se passer.

Lola et Medhi se préparaient depuis l'aube, en effet. Le matin, ils avaient eu droit à l'ultime cours particulier du Bosco à l'école hôtelière. Au programme des trois derniers jours : préparation de blettes, de gingembre, d'ail des ours, de jus de truffe et de radis noir. Pour une fondue, comme pour une pierrade ou une raclette, celui qui mange est aussi cuisinier. Cela allait à l'encontre de la philosophie prônée par les émissions culinaires de toutes poêles, durant lesquelles il fallait suer, transpirer, craindre le jugement du chef, craquer...

– Vous allez les rendre fous, se régalait par avance le Bosco.

Elle avait hâte de voir la tête de Keredec quand il serait mis au pied du mur.

– Il ne risque pas de péter un plomb ? envisagea Medhi.

– C'est une crème, assura Ketling, avant d'ajouter : Mais je peux me tromper.

Lucie vint chercher Lola et Medhi. Elle conduisait la voiture de sa mère. Ils descendirent aux Eyzies pour commander trois bombes à cholestérol chez Farid, le Roi Du Kebab comme le proclamait son enseigne. Il reconnut Medhi, vu à la télé, et tint à faire un selfie avec lui. Envoyé sur Insta en une microseconde. Il serait devant son écran géant, ce soir !

– Inch'Allah ! lança-t-il au trio avant qu'ils s'engouffrent dans la voiture et prennent le large. Reviens quand tu veux, Lucie ! Tu seras mon invitée !

Le temps qu'ils mettent les voiles, des fans convergeaient déjà vers le kebab pour voir, voire toucher, les célébrités.

– T'es une star ! se moqua Lucie.

Medhi, renfrogné, se tut. La célébrité avait certes ses avantages. Pour pécho, c'est le top ! Il avait aussi compris le côté dangereux de la chose. Être admiré peut rendre marteau. Il comptait bien garder la tête froide et sur les épaules.

Ciel bleu. Les beaux jours de retour. Lucie les emmena en bord de rivière, dans un coin secret bien à elle. Le chevet d'une église romane donnait directement sur l'eau. Autour, une pente gazonnée. Parfait pour pique-niquer.

Une fois les kebabs engloutis – Medhi leur apprit que le système de rôtissoire avait été inventé par les guerriers ottomans qui piquaient la viande sur leurs épées pour les saisir au-dessus du feu –, ils se baignèrent, même si la flotte piquait un peu. Puis ils somnolèrent. Les portables commencèrent à s'affoler vers 17 heures. Éliane et le Bosco lançaient des fusées de détresse. Keredec était déjà sur place ! La pression montait ! On les attendait fissa !

– Si tel est notre destin, philosopha Medhi en s'étirant.

Ils remontèrent au Cluseau. Lucie fut obligée de se garer à cinquante mètres du portillon. Elle retint un cri en voyant les kilomètres de câbles qui couraient sur la route.

– J'hallucine ! Ils tournent le prochain *Avengers* ou quoi ?

Ils repérèrent le chef médiatique, assis à une table, dehors, en compagnie d'Éliane et de Galina Ketling. Keredec se leva en les voyant approcher. Il tendit son coude en direction de Medhi qui imita son geste, hésita entre les deux filles aux cheveux rouges.

– Je suis Lucie Bonneval, l'éclaira cette dernière. La fille unique de Jean Demareul.

Keredec saisit le message : « Je ne suis pas n'importe qui et vous n'êtes pas n'importe où. »

Le chef la désarçonna par une question toute bête :

– Tu veux faire quoi plus tard ?

De multiples possibilités défilèrent dans l'esprit de Lucie. Tueuse à gages… Défonceuse de murs… Elle répondit :

– Chercheuse.

Pas la peine de préciser que son domaine de recherche serait la préhistoire. Keredec se tourna vers la finaliste remplaçante.

– Et voici la fameuse Lola.

L'intéressée acquiesça.

– On m'a dit que tu ne parlais pas. Enfin… que tu ne peux pas parler ?

Lola haussa les épaules. Elle descendit son masque et offrit son plus beau sourire à la terreur des cuisines.

– On annoncera la couleur aux téléspectateurs.

Nouveau haussement d'épaules. Qu'il les prévienne. C'était à lui, surtout, que ça allait faire tout drôle.

– J’ai l’habitude d’engueuler les concurrents. Je t’engueulerai quand même, que tu puisses répondre ou pas.

Si Lola avait eu une Chupa Chups dans la bouche, masque ou pas masque, elle l’aurait fait rouler de droite à gauche pour signifier que ce genre de considération glissait sur elle comme de l’eau sur les plumes d’un canard.

La productrice déboula, plus zen du tout. Elle balança, dans le désordre :

– Faut les envoyer au maquillage ! Macron a tweeté qu’il regarderait l’émission depuis l’Élysée avec le ministre de l’Éducation nationale !

Yvan Keredec murmura, rêveur, imaginant peut-être le titre d’un futur best-seller :

– *Le Chef et le Président...*

18 h 30. Deux heures quinze avant le direct. Lucie trompait son attente en s’entraînant au propulseur, dans le vallon préhistorique. Medhi était au maquillage. Lola en revenait, en tenue de cuistot. Elle faisait les cent pas devant l’entrée de l’auberge en guettant la brigade ou le retour de Lucie quand on l’interpella dans un anglais de base :

– Exkiouzemi ?

À peine le temps de faire volte-face qu’une montagne de muscles lui boucha l’horizon, une aiguille se planta dans son épaule, une sensation de chaleur l'envahit et tout – paysage, pensées, volonté – devint flou. Elle sentit qu'on la prenait sous le bras comme un bébé, qu'on l'asseyait à l'avant d'une voiture, qu'on bouclait sa ceinture, que la voiture démarrait, s'éloignait du Cluseau.

Et elle ne pouvait rien y faire.

– Où est Lola ?

La question courait sur toutes les lèvres. Il était 19 heures et la finaliste avait disparu des radars. Ketling, Lucie, Medhi, Éliane, la productrice, les membres de la brigade appelés en renfort remuaient ciel et terre, en vain. La candidate surprise s'était volatilisée. Elle ne répondait pas aux messages qu'on lui envoyait.

– Elle n'est pas ici. On descend au village, lança Ketling à Lucie.

Medhi les aurait bien accompagnées. Si la productrice avait pu l'enchaîner, elle n'aurait pas hésité. Il n'eut d'autre choix que de rester sur place. Lucie sauta sur le siège passager de la Fiat Panda. Elles furent aux Eyzies en moins de dix minutes.

– Stop ! ordonna Lucie au niveau du kebab.

Farid remarquait tous ceux qui passaient devant son resto installé au bord de la route traversant le patelin.

Lucie sauta de la Fiat, oublia de mettre son masque, s'engouffra dans le kebab.

– La fille qui était avec nous ce midi, Lola, tu l'as vue passer ?

Farid écarquilla les yeux.

– Ben... oui ?

– Quand ?

– Y a une grosse demi-heure. En voiture.

– En voiture ? Tu as vu le conducteur ?

– Le Chinois.

Le sang de Lucie se glaça.

– Le garde du corps de celle qui a acheté le Périssou ?

Farid acquiesça, fier de lui.

– On pensait qu'ils étaient partis. Mais ils sont encore là. Enfin, le balèze en tout cas. Il a été embauché pour l'émission, c'est ça ?

– Merde, merde, merde, merde, merde, grogna Lucie qui remonta dare-dare dans la Panda du Bosco.

Elle fixa la cheffe. Lucie, qui aurait pu affronter un ours à mains nues, était pâle comme la mort.

– Lola a été enlevée, laissa-t-elle tomber.

– Quoi ? Par Louna ? crut comprendre le Bosco.

– Non. Par madame Năo. Enfin, son garde du corps. Je... je lui ai volé sa truffe.

Galina Ketling mit quelques secondes avant de tilter.

– Celle qui s'est vendue cinquante mille euros ?

– Ouais. Oh, merde...

Lucie se cacha le visage dans les mains.

– Comment elle a su que c'était moi ?

Roméo, songea Lucie. Il avait parlé.

– C'est quoi le rapport avec Lola ? réagit Ketling qui, pourtant, en avait vu d'autres. Et on enlève pas les gens comme ça ? On est en France, bordel !

– Farid a vu Lola dans une voiture, récapitula Lucie. Le Chinois conduisait.

– Pourquoi il aurait enlevé Lola ? insista le Bosco. Si c'est toi qui as volé la tru...

Ketling comprit. Elle avait la réponse sous les yeux : les cheveux rouges.

– Il s'est trompé. Il pensait t'embarquer.

Ketling avait déjà connu des situations de crise quand on lui demandait d'adoucir les mœurs en cuisinant pour les puissants prêts à s'empoigner comme des collégiens à cause du tracé de tel gazoduc ou pour garantir la signature de tel contrat militaire. Une trafiquante en produits aphrodisiaques *a priori* recherchée par la police venait de faire enlever la finaliste d'une émission qui serait regardée jusqu'à l'Élysée. C'était le pompon !

Elle sortit son téléphone, appela un numéro préenregistré. Le correspondant du Bosco décrocha à la deuxième sonnerie.

– Paco ! J'ai une urgence !

Ketling mit son interlocuteur au parfum.

– Ils sont forcément dans le coin. La question, c'est où ?

Un silence.

– OK. On se retrouve là-bas.

Elle raccrocha, démarra en trombe, fit demi-tour en ignorant la mémé en voiture électrique qui pila pour éviter de rejoindre son Créateur un peu plus tôt que prévu.

– On va où ? voulut savoir Lucie en agrippant la poignée au-dessus de sa tête.

– Au Périssou. Paco habite de l'autre côté de la vallée. Il a vu de la lumière pas plus tard qu'hier au château. Les Chinois se planquent sûrement là-bas. Enfin, espérons que ce soit le cas...

Lola eut l'impression qu'on lui jetait un seau d'eau glacée à la face. Un voile s'écarta d'un coup devant elle, révélant une pièce aux dimensions d'une salle de bal, son ravisseur qui reculait, un flacon à la main. Il le referma et l'empocha.

On l'avait assise sur une chaise en bois inconfortable. Ses mains étaient liées derrière le dossier. Son kidnapping, car elle avait pleinement conscience d'avoir été enlevée, lui revint en mémoire. Bizarrement, elle n'avait pas vraiment peur. C'était trop surréaliste, trop inconcevable. Comme quand une voiture vous percute. Sur le coup, vous ne ressentez pas grand-chose sinon de l'incrédulité. La réalité vous rattrape après.

La situation était d'autant plus surréaliste que deux personnages, tout droit sortis de *La Famille Addams* version Empire du Milieu, se tenaient devant elle. Une vieille, en noir de pied en cap, assise sur un fauteuil en bois sculpté. Lola reconnut la Chinoise de la vente aux enchères, même sans ses lunettes de soleil. La montagne de muscles qui l'avait arrachée au Périssou la surplombait, énorme.

Lola s'agita sur sa chaise, tira sur ses liens, sentit la douleur dans ses bras. Dans ces cas-là, on appelle à l'aide, on implore, on demande aux ravisseurs ce qu'ils veulent. Lola ne pouvait rien faire de tout cela.

La Chinoise se mit à baragouiner un mélange de mandarin et d'anglais auquel Lola ne comprit rien. La vieille parlait, parlait, parlait. Elle dévidait son laïus sur le même ton, ne s'arrêtant que pour reprendre son souffle.

La simple possibilité de dire qu'elle ne comprenait pas était refusée à Lola. Un vrai dialogue de sourds. Sauf que l'une était à la merci de l'autre, visiblement folle.

Soudain, la Chinoise se tut, se redressa, leva la main... Lola, pourtant à distance, rentra instinctivement la tête dans les épaules. La vieille ne bougeait plus, bras en l'air. Tous trois entendirent un nouveau bruit, plus précisément un éternuement, en provenance de l'entrée.

Bo se déplaça précautionneusement dans cette direction. Lola se dévissa le cou pour tenter de voir ce qui était en train d'arriver. Venait-on la sauver ? Elle ouvrit la bouche, poussa un grand cri silencieux qui n'alerta personne.

– À tes souhaits, siffla le Bosco en direction de Lucie, avec une pointe de sarcasme.

Ils se trouvaient dans le vestibule du Périssou. La rubalise installée par la gendarmerie avait été déchirée. Paco avança. Galina se tenait en retrait, sur sa droite, Lucie sur sa gauche. Paco leur fit signe de ne plus bouger. Il avait cru entendre quelque chose...

Les portes donnant sur le salon d'honneur s'ouvrirent à la volée. Un bulldozer humain fondit sur Paco. Ketling et Lucie eurent à peine le temps de se jeter sur le côté. Les deux hommes roulèrent, enlacés.

Paco était moins lourd et puissant que Bo. Il compensait par sa souplesse. Deux secondes plus tard, il se retrouvait sur le garde du corps. Un genou sur ses parties pour faire bonne mesure, il l'attrapa par le col, le tira vers lui, le repoussa, sentit les épaules de Bo se détendre, baissa le front et tira violemment la tête du garde du corps contre la sienne. Un coup de boule dans les règles de l'art ! Le nez du Chinois explosa dans une gerbe de sang. Paco reposa son adversaire sonné sur le pavement avant de se relever.

Lucie et Ketling, tétanisées, fixaient le concentré de testostérone qui remettait une mèche de cheveux en place comme si de rien n'était et avançait à pas de loup vers les portes grandes ouvertes. On voyait quelqu'un s'agiter sur une chaise, avec des cheveux rouges. Lola ! Paco entra dans le grand salon.

Le tisonnier le cueillit au flanc et le plia en deux. Madame Não s'inscrivit dans l'ouverture et brandit son arme pour lui fendre le crâne. Au même moment, deux filaments foncèrent vers elle dans un sifflement, se plantèrent dans son ventre et lui administrèrent une décharge de cinquante-mille volts. La vieille lâcha son arme, recula en titubant. Le Bosco, le doigt crispé sur la gâchette de son taser, lui avait administré la dose maximale. La Chinoise tomba, agitée de spasmes, l'écume aux lèvres.

Paco gémit. Galina lâcha le taser et se précipita sur lui.

– Ça va, la rassura-t-il.

De son côté, Lucie libérait Lola qui découvrit ses ravisseurs neutralisés : elle, tressautant comme une carpe hors de l'eau ; lui, bras et jambes en croix, rectifié.

– Foncez au Cluseau, intima Paco. Ils ont leur compte. Je peux les tenir en respect.

Ketling embrassa l'homme sur les lèvres.

– On appelle les gendarmes sur la route. Et le SAMU.

– Ouais. Envoie la cavalerie. Mais on ne leur parle pas de Lola. Elle doit aller au bout de l'émission.

Lola acquiesça. Paco les regarda partir, appuyé au chambranle. Puis il grimaça en contemplant la paume de sa main qu'il tenait contre son flanc, rouge de sang.

– Mierda, soupira-t-il.

PORTEZ À ÉBULLITION

– Antenne dans cinq minutes, glissa la productrice au chef.

Tout était prêt, chacun à son poste. Il manquait juste l'actrice principale : Lola Mons. Keredec jeta un énième regard noir en direction de Medhi, qui se rongeait un ongle à côté d'Éliane Bonneval. Louna avait craqué, d'après le proviseur du lycée. Et on l'avait remplacée par une apprentie mutique, aux abonnés absents de surcroît ? Joli doublé !

– Quatre minutes ! annonça la productrice.

Keredec était au courant. Il avait le chrono en tête. Des millions de Français, dont le président de la République, étaient en train de s'installer devant leur télé.

– Un plan B ? voulut-elle savoir, au bord de la crise de nerfs.

Contre toute attente, le chef sourit. La cuisine s'apparentait aussi, parfois, au pilotage d'un bateau dans la tourmente. Il fallait savoir gérer les imprévus, prendre les décisions sur l'instant. La pression de la finale n'en serait que meilleure. « Cette émission sera notre cap Horn, se dit-il. Y aura peut-être de la casse, mais on va le franchir. »

Une idée lui traversa l'esprit. Et pourquoi pas ? Cela donnerait un côté intergénérationnel ! Il s'apprêtait à appeler Éliane Bonneval pour lui attribuer la place de cette lâcheuse de Lola. Ainsi, ils pourraient parler de Jean Demareul.

– Chaud devant !

Lola surgit dans les cuisines du Cluseau, talonnée par Lucie. L'apprentie à la bourre enfila le tablier qu'on lui tendait, noua ses cheveux en chignon, se posta à côté de Medhi qui hésitait entre l'engueuler ou la serrer dans ses bras, derrière le plan de travail. Elle eut un rictus désolé à l'attention de Keredec qui n'en revenait pas. Dans moins d'une minute, ils seraient à l'antenne.

– T'étais où, putain ? lui glissa Medhi, les lèvres serrées.

Lola essayait de reprendre son souffle... et le contrôle de ses nerfs. Deux heures plus tôt, Bo lui avait administré une dose d'hydrate de chloral pour l'enlever, puis lui avait fait inhaler des vapeurs de wasabi pour la réveiller. Et là, elle était en pleine descente d'adrénaline. Son cœur était mis à rude épreuve. Inspirer... expirer. Inspirer... expirer.

Le décompte fut lancé à dix secondes du direct. La musique du générique envahit l'auberge. Le chef adressa un avertissement muet à Lola, puis à Medhi. On ne rigole plus. Vous êtes sur *mon* navire. Le patron, c'est moi. Si vous vous avisez de faire les malins, je vous balance par-dessus bord.

La productrice leva le pouce. Le grand chef regarda un quart de son pays droit dans les yeux et commença par les présentations.

À quelques kilomètres de là, la cavalerie – un fourgon de gendarmes et un camion de pompiers – déboulait au Périssou un quart d'heure après que Lucie avait donné l'alerte, tandis que Ketling ramenait les deux jeunes filles au Cluseau, roulant à tombeau ouvert.

Les secours n'eurent aucune difficulté à repérer les victimes. Les traces de sang les guidèrent depuis le perron. Ce Paco, mentionné au téléphone, était affalé contre un chambranle, les yeux fermés. La Chinoise, celle qu'on croyait retournée dans son pays, errait, hébétée, au milieu du grand salon.

Deux pompiers se penchèrent sur Paco dont les vêtements étaient poisseux de sang.

– Monsieur ! Vous m'entendez ?

Il ouvrit un œil, essaya de faire le point. Madame Não se débattait contre les pompiers qui voulaient s'occuper d'elle. Elle en griffa un à la joue, sauta sur le dos de son collègue... Les gendarmes, alertés par les cris, rappliquèrent et la plaquèrent au sol sans ménagement.

On venait de prendre la tension de Paco. Ce n'était pas bon.

Il tentait de se concentrer sur ce qu'il voyait : la Chinoise qui hurlait, l'entrée où le garde du corps aurait dû être étendu. Il n'y était plus...

Paco voulut dire quelque chose. On lui colla un masque à oxygène sur le visage. Il le repoussa pour parler, les mettre en garde. En vain. Il était tellement faible...

– Ne vous inquiétez pas, on s'occupe de vous, furent les derniers mots qu'il entendit avant de s'évanouir.

Malgré l'arrivée tardive de Lola, la finale de *Sur le Gril ! Spéciale Apprentis* se déroulait comme prévu. Keredec avait présenté l'établissement du Cluseau et la personnalité de son chef, Jean Demareul, trop tôt disparu. Il n'avait pas parlé du suicide. Pas à cette heure de grande écoute. Ils étaient là pour offrir du plaisir, pas du pathos.

Lola eut aussi droit à son portrait surprise. Ses parents témoignaient, disant pudiquement à quel point ils étaient fiers de leur fille. Les spectateurs, stupéfaits, découvrirent qu'elle ne parlait pas depuis l'âge de dix ans. Cela lui garantissait un capital sympathie contre lequel Medhi ne pouvait pas lutter.

Ses petits frères s'invitèrent dans l'interview en sautant sur les genoux de leurs parents. Ils avaient fait des dessins qui envahirent l'écran. Sur l'un, on voyait Lola avec une toque démesurée en train de cuisiner ce qui ressemblait à un diplodocus, sur l'autre, une fille – affublée d'un prénom – un couteau planté dans le ventre. L'hémoglobine giclait à foison.

– Bruce ! Montre-moi ce que tu as dessiné ! exigea le père en voyant l'expression goguenarde du cameraman.

Bruce s'cnfuit cn hurlant : « Tu l'auraaas paaaaass ! », renversant le preneur de son qui perdit l'équilibre. Sa perche explosa le plafonnier du salon.

Fin de la séquence familiale.

Les messages affluaient sur les réseaux sociaux. Lola devait gagner. Personne ne regrettait Louna l'arrogante.

Keredec conclut la première partie en présentant le plat qui départagerait les finalistes, ainsi que les producteurs locaux qui endosseraient les rôles de jurés. Bref. Ils étaient parés pour lancer la coupure pub puis démarrer les hostilités lorsque Medhi prit la parole.

– Chef ! appela-t-il.

Le tchatcheur avait la gorge un chouia nouée. Certes, c'était la grande gueule de la brigade. Certes, ils avaient répété ce moment avec le Bosco. Certes, il lui revenait d'annoncer la couleur, Lola ne parlant pas. Mais c'était chaud. Comme Ketling le lui avait rappelé, pas question de se louper !

– Oui ? réagit Keredec, un sourcil en accent circonflexe.

La productrice faisait des moulinets de sa main libre pour lancer la pub. C'était au chef de décider. La régie et les annonceurs pouvaient bien attendre quelques secondes.

– On ne va pas préparer un émincé de canard à l'asiatique, chef.

Les personnes présentes connurent alors un moment de temps suspendu. Éliane et Ketling buvaient du petit-lait. Louise, Georges et Mattéo, en régie, n'en revenaient pas. Les Français, derrière leurs écrans, se demandaient s'ils avaient bien entendu. Comme le chef, d'ailleurs.

– Pardon ?

– On a eu une autre idée que l'émincé, chef.

– Vous avez eu une *autre* idée ?

Keredec était conscient que *son* émission était en train de lui échapper à cause de ces deux ados, l'une sortie de nulle part... et l'autre qui lui tenait tête ? Du jamais-vu, depuis qu'il mettait les cuisiniers sur le gril ! Mais ils étaient en direct. Il avait les mains liées.

Medhi et Lola écartèrent les ingrédients prévus pour l'émincé, adressant des sourires désolés aux producteurs locaux qui ne dégusteraient pas les produits cuisinés par leurs soins. À part le volatile. Les deux apprentis en sécession ouvrirent des placards et en sortirent les ingrédients glanés aussi localement. Ils n'oublieraient pas de le préciser.

– Vous avez quelque chose contre les saveurs asiatiques ? interrogea Keredec en étudiant le nouvel assortiment d'ingrédients, menaçant.

Gingembre, truffe, blettes, radis noir. Ils appartenaient à un groupuscule extrémiste vegan ? Constater que le canard faisait encore partie de la recette le rassura.

– Ah non, non ! réagit Medhi avec chaleur. Mais, comme nous sommes à l'auberge du Cluseau, on s'est dit qu'on allait préparer la fameuse fondue. Vous savez ? La fondue au canard de Jean Demareul.

Éliane et Lola s'adressèrent un clin d'œil. La productrice s'agrippait à un cameraman pour ne pas tomber. Lui-même luttait pour conserver l'équilibre. Keredec mit les mains à plat sur le plan de travail et se pencha vers Lola et Medhi.

– Une fondue, c'est pas de la cuisine.

– J'avoue. Mais vous inquiétez pas, on gère la fougère, chef ! Et il y aura des accompagnements super pointus de la mort qui tue !

– Mais encore ?

Le candidat annonça d'une traite, sans respirer :

– Purée-de-gingembre-blettes-et-ail-des-ours-arrosée-de-son-jus-de-truffe-et-servie-avec-des-croquants-de-radis-noir.

Finalistes et chef s'affrontèrent du regard. Hors caméra, la productrice avait de plus en plus de mal à respirer.

– C'est votre dernier mot ? voulut savoir Keredec.

– Ui.

– Putain, ils ont des couilles, jugea Louise.

Georges et Mattéo, épatés, acquiescèrent.

Medhi afficha un sourire digne du chat du Cheshire face au descendant de marins pêcheurs qui bandait ses muscles, prêt à se jeter à la tête de cet adulte en devenir.

Le jeune homme eut tout à coup l'air de se rappeler quelque chose. Il faut dire que Lola venait de lui donner un petit coup de coude dans les côtes.

– J'oubliais, chef ! On change un autre truc qui nous plaisait pas trop.

Keredec pencha la tête, à l'écoute, dangereux.

– Il n'y aura pas de compète entre Lola et moi. Ce sera *notre* fondue. On n'a pas envie de se tirer dans les pattes.

Le chef vida l'air de ses poumons et claqua des doigts pour envoyer la pub. Trop, c'était trop ! L'auberge du Cluseau disparut des écrans et fut remplacée par une série de spots vantant laitages et cochonnailles.

– Qu'est-ce que c'est que ce bordel ?! C'est quoi que vous comprenez pas dans le mot CHEF ?!

Lola et Medhi tentaient de rester imperturbables, mais ils n'en menaient pas large. Medhi voulut plaider leur cause. Keredec lui fit comprendre d'un index dressé qu'il ferait mieux de se taire.

– Yvan !

La productrice avait rassemblé assez d'énergie pour le tirer à l'écart. Elle lui montra quelque chose sur sa tablette, un graphique qui évoluait en temps réel, celui de l'audience. Ils n'avaient jamais vu de tels chiffres.

– C'est historique, Yvan. On doit continuer.

– Il nous reste combien ?

– Trente secondes ! annonça la régie.

Keredec revint au plan de travail. Lola et Medhi se collèrent l'un contre l'autre. Autant mourir ensemble.

– L'huile, lança le chef.

– Oui ?

– Quelle huile allez-vous utiliser pour votre fondue ?

Il avait goûté à la fondue du Cluseau. Une merveille inclassable épinglée par un inspecteur du Michelin à l'esprit borné. Atypique. Frustre. Indigne du Périgord, terre de saveurs traditionnelles. Étoile retirée.

– De l'huile de bison, répondit Medhi, sûr de lui.

Comme Jean la préparait, se rappela Keredec, avec un pincement au cœur. À sa connaissance, le cuisinier disparu était le seul à utiliser l'huile de ce bovidé dont un élevage existait au nord du département. En Belgique, on cuit bien les frites dans la graisse de vache ou de porc… Pas bon pour le cholestérol, certes. Mais ça leur donne un goût inimitable. Or, le bison battait porc et bœuf question calories, matières grasses et teneur en cholestérol, *dixit* Demareul. Une huile vertueuse… Alors, pourquoi se priver ?

– OK.

Keredec reprit la posture qu'il tenait avant la coupure pub. Dans des millions de foyers, on s'interrogeait. Avait-il éparpillé aux quatre coins de l'auberge les apprentis façon puzzle ? Les avait-il déjà démembrés comme des tourteaux sur un plateau de fruits de mer ? Le Cluseau ressemblait-il à une scène de guerre ? Même le président et son ministre voulaient savoir.

Réponse dans trois, deux, un...

Le clash attendu n'eut pas lieu. De plus, en l'absence de compétition entre les finalistes, l'intérêt pour la *Spéciale apprentis* aurait dû retomber. D'après l'institut Médiamétrie, il n'en fut rien. Les téléspectateurs suivirent passionnément la préparation de l'accompagnement. Comme le chef qui ne lâcha ni Lola, ni Medhi. L'apprenti se lança à sa manière dans la description de leurs gestes.

On mixe le gingembre. On prépare la chiffonnade de blettes. On cisèle l'ail des ours et on arrose la purée de gingembre avec du jus de truffe, chef. On épluche et tranche finement les radis noirs à la mandoline. On est super concentrés, chef !

Keredec gardait ses pensées pour lui, ce qui le rendait encore plus inquiétant. Medhi franchit la ligne rouge alors que Lola découpait le canard avec la concentration d'un maître japonais.

– C'est vrai que vous jouez de la cornemuse, chef ? Dans un groupe de rock celte ?

Difficile de savoir ce que le big boss pensait vraiment de la performance des finalistes. Mais, à mon avis, il était déjà conquis. Il rompit son vœu de silence.

– Ouais. Et à cause du Covid, plus de concerts. J'en ai des fourmis dans les mains.

Il décroisa les bras et bougea les doigts comme un étrangleur qui s'échauffe avant de passer à l'acte.

– Si tu vois ce que je veux dire.

Medhi se le tint pour dit. Il se tut.

– Plus de concerts et des restaurants fermés pendant des mois…

Keredec fit volte-face pour viser la caméra.

– N'est-ce pas, monsieur le président de la République !

Il ne s'arrêta pas là. Il était lancé. Le chef de l'État en prit pour son grade. Il y eut du remue-ménage hors champ. La productrice venait de tomber dans les pommes. Quant à l'Audimat, il explosa.

Deux autres coupures pub étaient prévues avant la dégustation. La production lança un résumé des épisodes précédents. On alla même jusqu'à dégotter un vieux reportage de France 3 Périgord dans lequel on voyait Jean Demareul préparer sa fondue de canard. Keredec aurait pu en remettre une couche… Par respect pour Éliane et pour sa fille, il resta sobre.

Vint le moment que tous attendaient. L'huile de bison crépitait dans le caquelon. Medhi, roi de la mayo, venait d'ajouter une corde à son arc avec cette purée sans sel ni poivre, Neandertal ne connaissant ni l'un ni l'autre. Car il s'agissait bien d'un plat préhistorique !

Une tuerie, tout de même, selon les propres dires de Lucie. Les jurés se servirent en purée à la bonne franquette, piquèrent le canard, le firent grésiller dans l'huile de bison, goûtèrent. Lola et Medhi attendaient à l'extrémité de la table d'hôtes. Le silence, chez les fines gueules, fut éloquent. Éliane, qui trônait en bout de table, jugea :

– C'est bien sa fondue.

Keredec acquiesça, les larmes aux yeux. Il se rappelait ce moment délicieux passé avec Jean Demareul, un jour de décembre. Jean venait d'avoir son étoile. Elle lui avait donné des ailes. Il avait décidé de prendre des risques comme tout chef qui se respecte. La fondue n'était pas encore au menu. Jean voulait la partager avec Keredec. Ils avaient parlé rock, vents marins et préhistoire.

Le chef essuya les coins de ses paupières, respira un grand coup, se leva. Une conclusion s'imposait.

Plus question de déclarer l'un gagnant et l'autre perdant. Non seulement les gamins avaient court-circuité le principe du « Je écrase l'autre » en œuvre dans toute émission de télé-réalité, mais en plus ils avaient fait revivre l'âme de ce restaurant, *via* un plat hors normes qui avait eu le malheur de déplaire.

Keredec, porté par l'ambiance, en roue libre à nouveau, se lança dans une violente diatribe contre le diktat du goût. Il fallait revoir le système, revenir à l'essentiel : le plaisir de manger et de faire à manger !

Un événement que personne n'aurait pu prévoir mit un terme à son envolée.

L'arrivée de Bo dans la salle de restaurant fut précédée par une succession de bruits, de chocs, de cris soudains et confus.

Le garde du corps de madame Não avait repris connaissance avant l'arrivée des secours au Périssou. Il était sorti du château, avait entendu les sirènes, s'était caché dans les fourrés, avait assisté, impuissant et à moitié dans le coaltar, au travail des forces de l'ordre.

Il avait échoué à protéger celle qu'il aimait depuis des années, celle avec qui il vivait des aventures romanesques dignes de ses romans-photos. Les Français avaient-ils des prisons mixtes ? Seraient-ils extradés vers la Chine ? Se reverraient-ils ? Survivrait-elle à sa maladie ? Les questions se bousculaient dans la tête de Bo.

Tout était arrivé à cause de cette gamine aux cheveux rouges.

Bo était descendu jusqu'à la route. Il avait marché pendant deux heures jusqu'à l'auberge du Cluseau, se cachant quand un véhicule approchait, emmagasinant un peu plus de haine à chaque pas.

C'est cette créature qui enfonça la porte de l'auberge, poussa trois mastards contre un mur, repéra la fille aux cheveux écarlates, là-bas, dans la lumière des projecteurs.

Bo poussa un rugissement venu de la nuit des temps. Les jurés plongèrent sur les côtés ou sous la table. Seul Keredec resta à sa place, roc se préparant au choc.

La suite fut filmée par un des cameramen qui connaissait son métier. Dans toutes les chaumières, celle du Cluseau y compris, on se demandait à quoi s'en tenir. Le chef leur avait-il concocté un dernier numéro à la sauce *Surprises sur prise* ? Après le remplacement de Louna et la révolte des apprentis, ça commençait à faire beaucoup !

Les doutes furent chassés quand Bo, voyant que le chef s'interposait et restait immobile, attrapa un couteau sur la table et le brandit en direction de Keredec. Ce dernier passa à l'action.

Le temps que les membres de la sécurité réagissent, il avait déjà saisi la poignée du caquelon rempli d'huile brûlante et en avait balancé le contenu à la face tartinée de sang séché de l'assaillant. Bo eut la présence d'esprit de mettre le bras devant son visage. Il hurla quand même, tituba, zébra l'air avec le couteau, à l'aveugle.

Keredec prit son élan et lui asséna un coup de caquelon sur la tempe, à pleine volée. Le géant tomba comme une masse, ébranlant le plancher de l'auberge.

– Coucouche panier ! lança le chef à la masse neutralisée.

Keredec remit le caquelon sur le brûleur, regarda autour de lui... et se laissa tomber sur sa chaise, tremblant, comme s'il venait de courir le marathon.

Lola se releva en s'agrippant à la table. L'auberge ressemblait à un champ de bataille. Medhi, accroupi, regardait autour de lui, hébété, essayant de comprendre ce qui venait de se passer. Lucie accourut et prit son amie dans ses bras.

– Tu n'as rien ?

Non. Mais Lola avait eu très peur. Aussi peur que la nuit dans le mobil-home, quand l'intrus lui avait donné l'ordre de se taire. Mais là, elle n'avait pas cauchemardé pour tout oublier au réveil. Elle s'en souvenait parfaitement. L'attaque de Bo avait fait voler le verrou mental en éclats.

– Ça... ça va, répondit-elle avec une expression étonnée.

Lucie mit un moment avant de réagir.

– Tu parles ?

Autour d'eux, c'était l'effervescence.

– Ou-i ?

Ces deux syllabes, articulées par sa gorge, ses cordes vocales, sa langue, lui parurent surprenantes et absolument merveilleuses.

SERVEZ !

Le bison de sept cents kilos tournait sur une rôtissoire spécialement montée pour l'occasion. Il serait à point dans une heure. Alors, les préposés à la découpe garniraient six cents assiettes de cette viande fine et onctueuse, qu'accompagnerait un aligot maison préparé par une trentaine de bénévoles, avec Éliane à la baguette.

Côté épidémie, les indicateurs restaient au vert. La traditionnelle fête du Bison pouvait avoir lieu. Des tables avaient été dressées dans le vallon de Castelbouc, au pied de l'auberge du Cluseau. Les avions, plus rares, volaient à nouveau dans le ciel. L'Homme pouvait reprendre le saccage méthodique de son jardin d'Éden.

Marc et Nathalie Mons avaient été invités à la table d'honneur, celle d'Éliane Bonneval, qui ne tenait pas en place. D'ailleurs, les chaises de Lucie, de Lola et des petits frères étaient vides elles aussi. Tout le monde s'était éparpillé dans la nature. Les Mons avaient décidé de lever le pied question inquiétude parentale. Advienne que pourra ! Sélection naturelle !

Galina Ketling revint avec une bouteille de vin blanc et remplit généreusement les verres, au grand soulagement de Marc. Paco, assis à côté de lui, l'impressionnait. Les verres furent remplis. Ils trinquèrent.

– Comment va Lola ? demanda le Bosco à Nathalie.

– Bien. Un peu anxieuse par rapport à la rentrée. Mais bien.

Lola avait été admise haut la main en deuxième année. Et ses faits d'armes à *Sur le Gril !* lui avaient permis de postuler à un programme d'échange international. Elle attendait la réponse. Peut-être partirait-elle étudier à l'étranger ? De quoi être excitée et un peu inquiète.

– Votre fille ira loin.

« Pas trop loin », espéra Nathalie qui vida son verre cul sec devant un Marc stupéfait. Il l'imita par esprit de corps. Paco les resservit – ils dormaient à l'auberge, de toute façon – et leva son verre.

– À Lola ! proposa-t-il, concis mais enthousiaste.

– Salud, amor, dinero y fantasia ! renchérit Ketling.

Les verres tintèrent. Chacun de planter son regard dans celui de l'autre, à la malouine.

– Que font les monstres ? s'inquiéta tout à coup maman poule.

Éliane choisit ce moment pour revenir et l'affranchir sur l'avancée du chantier Bruce-et-Jack-détruisent-le-monde.

– Ils sont avec notre étudiant en paléoanthropologie.

Elle leur indiqua une structure en bois recouverte de chaume, au fond du vallon.

– Il leur a appris à allumer un feu. Apparemment, ils sont doués.

Marc ne put s'empêcher de gémir.

– Ça va aller, mon chéri, le rassura Nat en lui donnant des tapes amicales dans le dos.

– Ça va aller, mon chéri, reprit Paco en tapotant Marc de la même manière.

Galina en cracha la rasade de vin qu'elle s'apprêtait à ingurgiter. Nat explosa de rire. Marc, oubliant toute prudence, se cala contre Paco avec un sourire d'ivrogne. Il leva son verre et se mit à beugler :

– Avoir un bon copain, voilà c'qui y a d'meilleur au monde !

Paco prit Marc par le bras et l'entraîna pour qu'il se balance avec lui, de droite à gauche et de gauche à droite.

Une farandole s'était formée. Le serpent humain s'approchait dangereusement. Marc, Paco et Galina se glissèrent avec entrain dans la chaîne. Éliane et Nathalie parvinrent à rester assises. Elles regardèrent la farandole s'éloigner puis effectuer une deuxième boucle autour de la table d'honneur. Marc Mons avait on ne sait comment changé de place. Il se déhanchait entre Castagnol et sa bimbo du moment. L'agent immobilier, qui laissait la propriétaire du Cluseau tranquille depuis des mois, la salua au passage. Elle l'ignora, méfiante.

– Où sont nos filles ? demanda soudainement Nathalie.

– En bonne compagnie ? supposa Éliane, un fin sourire aux lèvres.

Lola et Lucie s'étaient éloignées pour s'asseoir sur un surplomb, au-dessus du vallon. Elles voyaient tout et on ne les voyait pas. La position parfaite.

Un figuier poussait juste derrière elles, ses branches ployant sous les fruits. Les figues étaient grosses et mûres, en avance pour la saison. Lola avait sorti son Opinel, elle les épluchait, les passait à Lucie. Elles se régalaient.

Cris de joie et rires montaient vers elles. Elles étaient heureuses. Pas pour autant apaisées. Leurs cœurs battaient aussi fort que deux tambours cherchant à être synchrones.

Elles ne s'y attendaient pas mais c'était évident, pourtant. Pas besoin de parler ni d'avoir peur. Juste sauter le pas.

Lola posa la tête sur l'épaule de Lucie...

Et je m'arrête là. Car la suite est une autre histoire.

REMERCIEMENTS

J'ai joué avec la vérité en rouvrant les restaurants avant l'heure. Ce roman n'en est pas moins ancré dans la réalité. Surtout, il doit beaucoup aux personnes suivantes :

Hélène Montazel et Christophe Vigerie qui m'ont initié au Périgord, sa cuisine, ses grottes, ses secrets.

Isabelle Castanet-Daumas, propriétaire du vallon préhistorique de Castel-Merle. Une certaine auberge le surplombe. Spéciale dédicace à Niels Hamon, qui sait faire du feu sans allumettes.

Marine Sintès (professeure documentaliste), Stéphanie Melendez (professeure d'organisation et de production culinaire) et la TproC1 promo 2019-2020 du lycée des métiers de l'hôtellerie et de la restauration de

Mazamet (Tarn), vivier de futurs chefs. J'ai nommé : Anthony, Doria, Adam, Armoni, Théo, Rémy, Clément. S'ils ne m'avaient pas accepté dans leur brigade, celle de Lola n'existerait pas.

Dominique Broquet-Estrada qui saura pourquoi. Laurent Hauwy, du métier, pour avoir corrigé mes erreurs culinaires.

L'équipe de Syros, pour son soutien et son travail remarquable.

Enfin, si ce roman dégage une belle énergie, c'est grâce à toi, Marielle. Merci !

L'AUTEUR

Hervé Jubert est ou a été garçon boucher, batteur dans un groupe de rock garage, conducteur de cars scolaires, chercheur au Collège de France.

Côté fiction, il a suivi les traces d'une enquêtrice au dix-neuvième siècle, d'une sorcière dans un univers steampunk, d'une acrobate dans l'Exposition universelle de 1900, d'une voleuse de grands chemins, d'une bande de protecteurs de chimères...

Il a aussi écrit deux polars adultes à quatre mains avec Benoît Séverac (*Wazhazhe* et *Skiatook Lake*).

Chez Syros, on lui doit un titre dans la collection Tip Tongue, *Zoé et l'Élixir of Eternal Life*, et un polar environnemental : *Droneboy*.

Fondue au noir est son quarante et unième roman.

www.hervejubert.fr

DU MÊME AUTEUR

Zoé et l'Élixir of Eternal Life, coll. « Tip Tongue », Syros, 2017
Droneboy, hors-collection, Syros, 2019

FSC
www.fsc.org
MIXTE
Papier issu de
sources responsables
FSC® C022030

N° d'éditeur : 10268644
Achevé d'imprimer sur Roto-Page en mai 2021
par l'Imprimerie Floch à Mayenne
N° d'impression : 98362
Imprimé en France